논어와
음악

논어와 음악

공구 형, 세상이 왜 이래?

그대는 그 사람을 가졌는가?

"그 사람을 가졌는가, 그 사람을 그대는 가졌는가"
란 질문이 시작이었습니다.

그 사람은 만만찮습니다. 사랑하는 아내와 아이를
선뜻 맡길 수 있는 사람, 목숨을 내놓더라도 지키고
싶은 사람, 그만큼 믿고 의지할 수 있는 사람이죠. 비
장감이 느껴지는 시 〈그 사람을 가졌는가〉는 스스로
를 되돌아보게 하는 힘이 있습니다. 마지막 대목은
이렇습니다.

온 세상의 찬성보다도
'아니' 하고 가만히 머리 흔들 그 한 얼굴 생각에
알뜰한 유혹을 물리치게 되는
그 사람을 그대는 가졌는가

'알뜰한 유혹'이란 시구가 유난히 눈에 띄었습니다.

정성스럽고 빈틈이 없거나 다른 사람을 아끼고 위하는 마음이 참되고 지극하다는 '알뜰'과 꾀어서 좋지 아니한 길로 이끄는 '유혹'의 조합이라니요. 1947년 7월 쓰여진 시입니다. 해방 공간이란 어려운 시기였습니다. 어렵기는 지금도 마찬가지입니다. 코로나19 사태는 큰 위기가 아닐 수 없습니다. '왜 이런 일이 생겼을까?' 하며 나와 이웃을 돌이켜봅니다. 시인은 삶의 지표가 될 스승이나 뜻을 같이할 친구에 빗대 알뜰한 유혹을 당당하게 거부한 듯합니다. 우리도 그 마음을 이어받아 알뜰한 유혹을 이겨내야겠습니다. 그 사람은 세상을 보는 잣대와 세상을 대하는 줏대가 뚜렷한 사람이겠지요.

사물을 가늠하는 기준을 잣대라고 하지요. 기준은 기본이고 원칙입니다. 세상의 핵심을 온전하게 꿰뚫어야 하며 외풍을 견디고 편견을 이겨내는 균형이 필요합니다. 나만 옳고 나에게만 관대한 이중잣대는 특히 금물입니다. 줏대는 그런 기준을 꿋꿋하게 지키고 내세우는 기질입니다. 줏대는 유연성과 짝을 잘 이뤄야 제대로 빛을 발하지요. 뻣뻣하기만 해선 변화에 대처하며 위기를 극복하기 어렵습니다. 유연성에 치우치면 줏대가 흔들릴 수밖에 없습니다. 선유하다란 말이 있지요. 마음이 착하고 곰상스러우나, 줏대가 없다는 뜻입니다. 사귀면 도움이 되는 세 친구와 손해가 되는 세 친구 이야기 가운데 손해가 되는 친구인 선유善柔를 요즘 식으로 풀면 우유부단, 아첨, 불성실의 의미가 더해집니다.

세상이 변하고 취향도 바뀌었으나 '그 사람'이 필요하기는 마찬가지입니다. 알뜰한 유혹에 단호한 사람 말입니다. "그 사람을 가졌는가, 그 사람을 진정으로 기다린 적이 있나."란 물음은 여전히 유효합니다. 이것이 공자를 찾게 된 연유입니다. 화석화한 2,500년 전 인물이 아니라 오늘, '그 사람'의 본보기로 삼고 싶은 공자 말입니다. 중국 춘추시대 노나라 사람 공자B.C 551~B.C 479의 본명은 '공구'입니다. 어머니가 아들을 얻기 위해 기도를 올린 산 이름을 빌려 지었다고 하지요.

그 사람은 분명 혼란스러운 세상을, 어지러운 마음을 바로 세우려는 책무를 다하는 사람이겠지요.

그 사람을 기다린다는 건 바로 내가 스스로 그 사람이 되려고 한다는 것, 그런 노력을 한다는 이야기입니다. 바로 공자의 가르침이라고 생각합니다. 과거의 공자와 현재의 우리, 그리고 미래의 세대가 한뜻으로 어우러졌으면 하는 마음 간절합니다.

스승이 없는 세상이라고 하지요. 없는 게 아니라 못 만들고 안 만드는지 모를 일입니다. 잣대와 줏대의 상징으로 공자만한 이가 있을까 싶습니다. 사랑이란 인의 사상으로 튼튼하게 중심을 잡고 있으니 하는 말입니다. 공자는 모국인 노나라 역사서 『춘추』를 짓고 "뒷날 나를 알아주는 사람이 있다면 『춘추』 덕분이며, 나를 비난하는 사람이 있다면 역시 『춘추』 때문"이라고 말했다지요. 사실 공자를 대표하는 저서는 『춘추』가 아니라 『논어』입니다.

『논어』에는 영원한 스승 공자가 오롯이 담겨 있습니다. 우선 '스스로 대접받고 싶은 만큼 남을 대접하라.'는 가르침입니다. 자기가 싫은 건 남도 싫겠지요. 적어도 남에게 해악을 끼치지는 않아야 합니다. 공자는 제자인 자공에게 이를 평생 실천할 좌우명으로 삼으라고 가르쳤습니다. 『논어』에 이와 관련된 대목이 「위령공」 「이인」 「안연」 편 3곳에 나옵니다. 더욱이 스스로 서고자 한다면 남부터 서게 하고, 스스로 뜻을 이루고자 한다면 남부터 이루게 하라는 적극적인 방향으로 확장합니다.

또 한 가지는 갈등의 시대를 극복하는 지혜입니다. 특히 요즘 세대간 갈등의 골이 깊지요. 심지어 20대 남자와 20대 여자의 대결 구도까지 만들어지고 있는 형편입니다. 공자는 "노인을 편안하게 해주고, 친구에게 신의를 지키고, 젊은이를 품어 따르게 하겠다."는 포부를 밝혔습니다.

무엇보다 공자는 현실에 무릎 꿇기보다는 불가능에 도전했습니다. '안 되는 줄 알면서 하려는 사람'이었습니다. 인으로 세상을 다스리려는 그의 도전은 현실의 벽에 가로막혔습니다. 그렇지만 이상 실현의 도전을 결코 멈추지 않았습니다. 그 바탕은 사랑과 희망이었습니다. 천하를 돌아다니다 고향으로 돌아와 제자들을 가르치고 유가 경전을 정리한 배경입니다. 뒤집어 말하자면 아는 것을 실행하려는 의지이자 스스로 세운 뜻을 실현하려는 태도입니다. 영원한 스승, 21세기 멘토라고 하겠습니다.

그렇다면 이 시대에 『논어』의 의미는 무엇일까요. 공자 사상의 핵심이 '인'이라고 했지요. 이 인은 『논어』에 잘 설명되어 있습니다. 공자는 수행비서라 할 번지에게 인은 사랑, 즉 사람을 사랑함이요, 지혜는 사람을 앎이라고 말해줍니다. 그리고 수제자인 안연에겐 극기복례克己復禮, '자기 자신을 이겨서 예를 회복함'이라고 정리해줍니다. 여기에 인간관계의 기본인 가족과 사회, 그리고 개인과 국가를 포괄하는 큰 그림이 담겨 있습니다.

극기복례에서 조금 더 나가보겠습니다. 공자는 "하루에 자기 자신을 이겨서 예를 회복한다면 세상 사람이 인에 다 모일 것"이라고 덧붙였습니다. 이 하루는 물리적인 24시간이 아니라 우리 일상 그 자체일 수 있습니다. 집에서는 부모와 자식 및 부부 관계가 이뤄집니다. 부모는 부모의, 자녀는 자녀의 역할과 책임이 있지요. 학교에선 사제와 친구 관계가, 직장에선 상사와 부하의 직위가 형성됩니다. 이를 둘러싼 정치관계가 자연스럽게 유지되고 있습니다. 매 시간 어떤 장소에서든 사람은 서로 기대며 서로 도와주며 서로 관계를 맺지요. 사람을 아끼고 사랑하는 것이 사람다움이라면 사람과 사람과의 관계의 또 다른 표현은 정치입니다. 공자가 안연과 달리 번지에겐 그의 눈높이에 맞춰 인을 쉽게 설명하면서 바로 그 뒤에 정치를 이야기하고, 유학을 '수기치인'의 학문이라 하는 까닭입니다.

『논어』는 인간학 교과서이면서 정치학 교과서입니다. 스스로 깨우치는 자각, 스스로 깨우쳐 온전히 나의 것이 되는 자득, 그리고 그만큼 남을 위해 펼치는 자행에 무게를 둡니다. 두 가지만 명심하지요. 먼저, 인을 행함은 나로 말미암아야지 남에게서 말미암지 않는다는 점입니다. 앞서 잠시 이야기했지요. 남이 내게 잘해줘야 내가 남에게 잘해주는 것이 아니라 내가 남에게 잘해줌으로써 남이 저절로 나에게 잘해

주도록 해야 합니다. 또 하나는 인은 이렇게 억지로
가 아니라 저절로 이뤄지도록 하는 것입니다. 자연
스럽게 자신을 닦는 수기와 극기, 남을 다스리는 치
인과 복례가 짝을 이루겠지요. 이런 이치를 터득하
기가 쉽지 않나봅니다. 오죽했으면 공자가 "아침에
도를 들으면 저녁에 죽어도 좋다."고 했겠습니까.

공자와 제자의 대화록인 『논어』에 세월만큼의 무
게가 쌓여갑니다. 한나라 때 유학이 국시로 자리잡
았으며, 송나라 때 신유학으로 그 내용이 더욱 깊어
졌지요. 그 중심에 송나라 대학자 주자가 있습니다.
주자는 유학의 이념을 담은 '십삼경' 중 『논어』『맹
자』와 함께 『예기』에 속했던 『대학』『중용』 등으로
'사서四書'를 정립하고 『사서집주』를 펴냈습니다. 공
자에서 주자에 이르기까지 유가의 맥은 동양사상의
큰 줄기입니다. 때론 다양한 이론과 경쟁하고 때론
조화를 이루었습니다.

명나라에선 3대 황제인 성조 때 『영락대전』 편수
에 참여했던 유학자 등림鄧林이 「비지備旨」를 보탰습
니다. 비지는 원문의 뜻을 잘 풀어썼으므로 "비지 중

에서 구하면 갖추지 못하는 뜻이 없다."는 평가를 받습니다. 「비지」는 등림이 황제를 대상으로 한 강의를 기록한 강의록으로 알려졌지요. 등림이 시와 고문古文에 뛰어났으므로 가능한 일입니다. 여기에 청나라 때 최종적으로 『사서보주비지』가 완성되니 그야말로 집단지성의 승리라 할 만합니다.

송나라 대학자 주자의 『사서집주』가 조선에 건너와 퇴계 이황, 율곡 이이, 다산 정약용 등 조선 유학자들에게 영향을 미쳤습니다. 정확하게 말하자면 조선 유학자들은 『논어』가 아니라 『사서집주』 가운데 하나인 『논어집주』를 공부한 셈입니다. 주자의 주장을 공자 말씀처럼 여겼다고 할 수 있는 대목이지요. 조선에선 신유학이 한 단계 발전했다는 긍정적인 측면이 있습니다. 퇴계와 율곡이 그 정점입니다. 하지만 신유학을 제외한 이론은 배척당했다는 점이 아쉽습니다.

조선시대 필독서인 『논어집주』 최종판으로 순조 20년인 1820년 간행한 『경진신간 내각장판』이 꼽힙니다. 퇴계와 율곡의 학맥을 잇는 도산본과 율곡본을 합친 정부 보급판 교과서인 셈입니다. 여기에 중국의 최종 주자학적 해석이라 할 『사서보주비지』가운데 『논어비지』가 합쳐진 책이 『원본비지 논어집주』입니다. 이 책은 일제강점기에 처음 출간되었지요. 영남 유학자들이 이 책을 『사서보주비지』와 비교해가며 익히고 전수했습니다.

퇴계와 율곡을 정점으로 한 조선 유학에는 또 다른 흐름이 있습니다. 남명 조식을 비롯한 의령, 산청 일대를 중심으로 한 영남 유학자들이 대표적입니다. 그 맥의 끄트머리에서 죽은 활자가 아니라 살아 있는 가르침으로 『논어』를 읽고 배우려는 사람들이 있습니다. 비록 대학이나 연구소 등 제도권에 합류하진 않았지만 그 공부의 깊이와 넓이가 만만찮습니다. 재야의 숨은 고수라 할 이들이 있어 『논어』 해석이 더욱 힘을 얻습니다.

『논어』와 음악의 조합은 당연합니다. 유학의 알파와 오메가는 예와 음악입니다. 예와 악으로써 세상을 아름답고 조화롭게 한다는 의미입니다. 예는 부모와 자식 사이나 형제 관계의 효제, 군주와 신하처럼 수직적인 관계를 아우르는 원칙이라 할 수 있습니다. 악은 지위고하를 떠나 보편적인 관계를 의미합니다. 예와 악은 내면을 다스리는 방편이자, 사람을 다스리는 방편입니다. 공자가 거문고를 항상 곁에 두고 연주하며 노래와 함께한 이유를 짐작할 수 있습니다.

음악인 공자를 가늠할 좋은 예를 『논어』 여러 곳에서 찾을 수 있습니다. 공자는 상을 당한 사람 곁에서 식사를 할 때는 배불리 먹는 법이 없었고, 그런 날엔 노래를 삼갔다고 합니다. 주변 사람을 배려하는 태도와 함께 집에서 노래를 부르며 음악을 일상화하는 공자를 확인할 수 있습니다. 앞을 보지 못하는 악사를 위해 앉을 자리를 조심스럽게 일러주고 주변 상황을 꼼꼼하게 설명하는 공자의 모습은 예의 실천이 이렇다는 걸 몸소 보여주는 사례입니다. 그러니 자신에게 거문고를 가르쳐준 사람이 음악도 잘하지만 훌륭한 정치가의 자질을 갖췄다고 칭찬하자 "예와 악을 좋아하는 사람일 뿐"이라며 스스로를 낮출 수 있었겠지요.

지금 『논어』를 읽는 이유는 온고이지신, 즉 오래된 미래에서 새로운 미래의 싹을 찾는 일이지요. 그에 음악을 곁들이는 까닭은 사람과의 교감이라 하겠습니다. 이 책에서 소개하는 26편의 음악은 사랑에서 그리움으로 천천히 움직입니다. 키워드는 삶에 대한 환희, 감사, 희망입니다. 가요 팝송 재즈와 국악 그리고 클래식 등 다양한 장르를 아우르며 인간의 희로애락을 공유하고자 했습니다. 메르세데스 소사의 〈모든 것은 변한다Todo Cambia〉는 삶의 밑바닥에서 울려오는 희망의 메시지입니다. 아르헨티나 국민가수이자 누에바 칸시온라틴아메리카 정체성 찾는 문화운동의 대모가 전하는 목소리의 울림이 남다릅니다.

이와 함께 밥 말리의 〈구원의 노래Redemption Song〉도 사연만큼이나 생명력이 길지요. 그는 정치권이 극단적인 반목에 시달리던 자메이카에서 화해의 콘서트를 열고 당시 여야 수장이 악수하는 드라마를 연출합니다. 법이라면 누구에게도 지지 않을 법무·검찰 수장이 벌이는 진흙탕 싸움을 보며 더 새삼스러운 곡이었습니다.

젊은 혼성 듀오인 여유와 설빈의 〈생각은 자유〉, 여성 듀오 제이래빗의 〈Happy Things〉, 부산 출신 남성 3인조 아이씨밴드의 〈바람〉은 신선한 느낌을 선사합니다.

요즘 한참 인기를 모으는 21세기형 국악 그룹인 이날치의 〈범 내려온다〉with 앰비규어스 댄스컴퍼니 는 판소리 〈수궁가〉 한 대목이 흥겨운 몸짓과 잘 어우러집니다. 판소리 〈춘향가〉 중 오리정 이별을 부른 김소희 명창과 어사 출도 대목을 부른 오정숙 명창의 목소리도 돋보입니다. 김나니의 〈심청가〉 중 심봉사 눈뜨는 대목도 빼놓을 수 없습니다. 정대석의 거문고 산조의 감동은 각별합니다.

시인과 촌장의 〈나무〉와 〈때〉가 자유와 평화를 갈구하는 마음이라면, 양희은의 〈인생의 선물〉은 삶의 의미를 찾아가는 잔잔한 여정이라고 생각합니다.

앞서 말한 모든 내용을 이 한 편의 시로 정리할 수 있습니다.

孔子子曰示正論　공자자왈시정론
弟子對曰請事語　제자대왈청사어
友軒修業備聖音　우헌수업비성음
弘齋進德旨禮樂　홍재진덕지예악

　각 시구의 마지막 글자인 論. 語. 音. 樂으로 운을 맞췄습니다. 그 뜻은 이렇습니다.

　공자께서 "자왈"로 정론을 가르쳐 보이시니
　제자들은 "대왈"로 청컨대 이 말씀을 행하겠습니다 하네.
　우헌은 서당 수업에서 성인의 음성을 갖추니
　홍재는 덕에 나아가 예의와 음악을 맛보았네.

　공자의 육성 그대로를 접하고자 서당 문을 두드렸습니다. '우헌서당'이었습니다. 훈장인 우헌 이상재 선생과『원본비지 논어집주』를 매주 조금씩 읽어나 갔습니다. 온통 한자로 채워진 이 책의 첫 장을 여는 날을 아직도 기억합니다. 한 자도 소홀함이 없어야 하고, 하루도 쉼이 없어야 한다는 당부였습니다. 공자 말씀과 주자의 해석, 그리고 등림의 「비지」에 젖어들수록 저절로 감탄사가 흘러나왔습니다. 참으로 알뜰한 인연입니다.

우헌 선생이 직접 지어 전해준 이 특별한 한시가 그를 증명합니다. 우헌 선생은 영남 유학의 전통을 잇는 마지막 서당 훈장일지도 모릅니다. 우헌 선생의 선생인 의당 서정민, 그리고 의당 선생의 선생…. 이들이 영남 유학의 맥을 잇는 귀한 인연입니다. 공맹지도, 즉 공자·맹자의 음성인 성음聖音을 들으며 덕에 나아가 업을 닦는다는 진덕수업進德修業 할 수 있으니까요.

빼놓을 수 없는 알뜰한 인연이 또 있습니다. 〈국제신문〉에 1년 동안이나 '논어와 음악'이란 주제로 시리즈를 연재한 인연입니다. 30년 신문사 생활에서 만난 귀한 기회였습니다. 덜 여문 솜씨로 우리 사회와 논어를 연결하느라 빈틈이 많습니다. 꼼꼼하게 뒷문을 단속하듯 살펴준 우헌 선생의 도움이 컸습니다. 하지만 이 책에 조그마한 허물이라도 있다면 전적으로 필자의 책임입니다. 마지막 인연을 소개해야할 차례이군요. 이 책을 만들어준 나무발전소 김명숙 사장과의 인연입니다. 김 사장과는 2014년 나무발전소에서 출간한 『100살이다 왜!』라는 책을 〈국제신문〉에 소개하면서 인연을 맺었습니다. 일본의 100세 현역 회사원 이야기였습니다. 알뜰한 인연에 감사합니다.

이 책은 지금까지 『논어』 관련 책과 조금 다른 형식과 내용입니다. 『논어』 원문을 충실히 담지도 않았고, 『논어』와 우리 사회를 연결하며 음악까지 곁들였습니다. 원전에 한 번 빠져봐야겠다는 생각을 하는 계기가 되었으면 좋겠습니다. 젊은 세대라면 좋고, 중년층이라면 더 좋습니다. 시도하느냐 않느냐는 차이는 스스로가 가장 잘 알 테니까요.

알뜰한 인연의 결정판은 가족이라고 생각합니다. 아내 최형화와 두 딸 규나, 승겸입니다.

홍재弘齋 _ 정상도鄭相道 절

차례

제1장

'인'을 행하는 것은 사람이고, 죽고 사는 것은 운명이다

마음의 물결을
다스리자

수기치인 修己治人

01

공자를 인仁에 바탕한 정치가이자 교육자라고 합니다. 인은 사람을 중심에 두고 있다는 뜻입니다. 비록 2,500년 전 정치에선 뜻을 이루지 못했으나 그 정신이 오늘에 이어져 오롯합니다. 교육에선 그 깊고 너른 품이 더욱 뚜렷합니다. 전쟁이 끊이지 않던 춘추시대, 인으로 다스리는 나라를 주창하는 공자를 받아주는 곳은 없었습니다. 하지만 영원한 스승의 면모는 지금도 여전합니다. 그의 말과 행동이 다양한 형태로 변주되면서 사람 가슴을 뛰게 하니까요. 공자의 고향인 중국 곡부에 공자 사당이 있는데, 그곳에 내걸린 '만세사표萬世師表'라는 현판이 그 상징입니다.

공자는 정치가, 교육자이자 음악인이기도 합니다. 공자는 음악을 열심히 배우고 즐겼으며, 정치에 활용하고 가르침에 녹여냈습니다. 음악을 배우려고 유학을 갈 정도로 음악에 정성을 들였습니다. 노나라 사람인 공자가 주나라 귀족인 장홍에게서 음악을 배웠다고 합니다. 공자에겐 음악 스승이 또 있지요. 노나라 귀족 사양자였습니다. 공자는 평생 거문고를 곁에 두고 희로애락을 함께했습니다. 거문고를 익힐 때 단순히 기교만이 아니라 곡에 담긴 의미, 더 나아가 곡을 만든 이의 사람됨을 이해할 때까지 정진했습니다. 여기엔 음악을 통해 사회를 조화롭게 하겠다는 '음악인' 공자의 깊은 뜻이 담겼습니다.

공자는 인을 실천하는 방법으로 예악禮樂을 강조했지요. 사람이 함께 살아가는 방법이 예라면, 음악에 인이 담겨 있다고 여겼습니다. 예악은 스스로 몸을 닦고 나라를 다스리는 속 깊은 정치행위이자 이상사회로 가는 바른길이라는 이야기입니다. "시詩로 선악에 대한 관심을 일으키고, 예禮로 서며, 악樂으로 자기를 완성한다."는 『논어』「태백」8.8 편 구절을 기억하세요.

공자가 추구했던 음악은 우리나라의 종묘제례악에서 그 흔적을 찾을 수 있습니다. 조선시대 세종대왕이 펼친 예악정치를 균화鈞和라고 합니다. 세종은 공자의 정신을 계승해 아악雅樂을 정리하고 종묘제례에 활용했지요. '균화지음', 천지의 음을 알고 만물의 이치를 깨달아 세상을 화평하게 한다는 뜻이지요.

물론 공자 시대에는 나라를 살리는 음악과 나라에 해가 되는 음악의 구분이 엄정했지요. 어떤 음악이 흘러나오는지에 따라 그 고을 또는 그 나라의 기본이 튼튼한지 아니면 망할 징조인지 구별해낸 공자였지요. 지금은 클래식은 클래식대로, 대중음악은 대중음악대로 영역을 인정하는 시대입니다. 다만 '낙이불음 애이불상樂而不淫 哀而不傷', 즐겁되 음탕하지 않고 슬프되 상심하지 않는 자세가 필요하겠지요.

『논어』 1편 「학이」부터 20편 「요왈」까지 전체를 관통하는 핵심어는 인仁이지요. 인은 곧 사람이자, 사람을 사랑하는 일입니다. 수기치인修己治人, 스스로를 닦고 사람을 잘 다스려 더불어 살아가는 세상을 만들자는 꿈은 공자 가르침의 처음이자 끝입니다. 조금 더 쉽게 풀면 '부모를, 형제를, 세상을 사랑하는 일'이 인입니다. 사람이 사람되는 일, 그것이 공자가 강조한 '인'의 이상입니다.

공자의 이상세계는 어떤 모습일까요? 공자를 비롯한 공자학단의 대표작 가운데 하나인 『예기』에서 이를 엿볼 수 있습니다. 『예기』는 사람이 더불어 조화롭게 살아가는 방법을 설명한 유가 경전입니다. 집 안 일부터 나라 일까지 예의 근본정신과 사례를 담았지요. 사람이 가야 할 가장 아름다운 길을 안내하는 지침서라고 할 수 있습니다. 공자가 뼈대를 세우고 공자학단이 살을 붙인 책입니다. 『예기』「예운」편에서 공자가 꿈꾼 공동체의 단초를 찾아보기 전에 한 가지만 짚고 넘어갈게요. 세상에서 공평하게 함께하는 것을 공公, 서로 믿고 화목한 것을 신信이라고 합니다.

"큰 도가 행해지면 천하를 공公으로 하여 어진 이를 뽑고, 능한 자를 골라서 신信을 강구하고 화목함을 닦았다. 그런 이유로 사람들은 그 부모만을 부모로 여기지 않고, 그 아들만을 아들로 여기지 않았다. 늙은이가 일생을 마칠 곳이 있게 하고, 젊은이가 쓰일 곳이 있게 하며, 어린이가 자라날 수 있게 하며, 과부, 홀아비, 병든 자를 불쌍히 여겨 다 봉양했다. 남자는 직분이 있고, 여자는 돌아갈 곳이 있었다. 재물을 땅에 버리는 것은 싫어하지만, 반드시 감추어 두지 않았다. 힘을 그 몸에서 내지 않은 것을 미워하지만, 반드시 자기만 위해서 쓰지는 않았다. 그런 까닭에 간사한 꾀는 닫히고 일어나지 않으며 도둑질과 난이 생기지 않았다. 그 때문에 바깥 문을 닫지 않았다. 이를 대동大同이라고 말했다." 이민수 역해 『예기』 중, 일부 낱말 수정

이대로라면 불평등이 초래한 양극화, 초고령화 사회 세대 갈등, 저성장 시대 청년층 취업난이 눈 녹듯 녹을 것 같지 않습니까. 우리가 꿈꾸는 미래사회 같지 않습니까. 그럼 공자가 언급한 대동사회는 어떤 모습일까요?『논어』「공야장」5.25 편의 내용인 "노인을 편안하게 해주고, 친구는 서로 믿게 하며, 젊은이는 보살펴주고 싶다."와 닿아 있지요. 말처럼 쉽지 않으니 '오래된 미래'라 하겠지요. 공자는 한때 노나라 법무부장관으로 이를 시도했으나 실패했고, 긴 방랑 생활을 했습니다. 세상을 구하는 일에 분주하여 집에서 편안히 쉴 새가 없었습니다. 심지어 '상갓집 개'라는 힐난을 감수했지요.

그보다는 청운의 뜻을 품을 때 공자의 모습이 궁금해집니다. 대동사회를 향한 꿈, 그것은 젊은이와

친구와, 기성세대와의 소통에서 시작됩니다. 특히 현재 불거지고 있는 갈등을 해결하는 열쇠가 될 수 있습니다. 양극화 시대, 초고령사회, 청년실업 등 삶의 고난을 함께 극복하려는 방안을 고민하게 만듭니다. 그런 마음을 다잡기가 만만찮습니다. 넓은 호수, 깊은 바다가 있다고 생각합시다. 거울같이 잔잔하다가도 한번 센바람이 불면 거칠게 요동치지요. 스스로 마음의 물결을 다스리는 일이 수신입니다. 우리 모두의 몫입니다.

'군주민수君舟民水', 군주는 배요, 백성은 물이라는 말이 허투루 나온 것이 아닙니다. 물의 힘으로 배가 뜨지만, 물이 화가 나면 배를 뒤집을 수도 있기 때문이죠. 공자가 노나라 임금에게 전한 말은 이렇습니다. "군주는 배요, 백성은 물이니, 물은 배를 띄우기도 하지만 배를 뒤집기도 합니다. 임금께서 이것을 위태롭다고 여기신다면 무엇이 위태로운지 알고 계십니다." 국민이 정치에 편안해야 지도자가 비로소 편안해지는 이치이겠지요.

세상을 바꾸겠다는 뜻을 세우고 평생 갈고 닦았지만 뜻을 이루지 못한 공자였습니다. 공자의 마음에서 얼마나 많은 소용돌이가 몰아쳤다가 다시 잔잔해졌을까요. 그때마다 공자는 음악과 함께했습니다. 공자가 춘추시대 지도자들에게 베푼 가르침은 오늘 이 시대에도 유효합니다. 이것이 『논어』 구절을 소리 높여 암송하는 대신 음악과 함께 차분하게 되새기는 이유입니다.

◁|┉|┉— 여기 『논어』를 한 번도 읽어보지 못한 젊은 포크 듀오가 있습니다. 그렇지만 어릴 때 위인전에서 공자가 거문고를 연주하는 그림을 본 기억이 있다고 합니다. 듀오의 이름은 '여유와 설빈'입니다. 제주도를 근거지로 활동하는 이들의 노래 <생각은 자유>(QR코드 또는 인터넷 주소 https://youtu.be/2CdJUGhNc-o)에서 공자의 꿈이 오늘로 이어지는 실마리를 찾아봅니다.

스스로 터득해 나아감에
그칠 일이 있겠는가

학이시습 學而時習

02

『논어』 1편 「학이」 첫머리는 '학이시습學而時習'으로 시작합니다. "배우고 때때로 익히면 또한 기쁘지 아니한가." 누구나 한번 들어봤을 유명한 구절입니다. 그만큼 많은 학자가 주석을 달았습니다. 학이시습에 대해 "배운다는 것은 본받는다는 의미이며, 익힌다는 것은 새가 날갯짓하는 것과 같다."는 송나라 대학자 주자의 주석이 대표적입니다.

여기까진 잘 알려진 내용입니다. 한 가지 보탠다면 '배운다는 그 자체에 희열을 느끼는 경험'입니다. 공자의 가르침, 주자의 해석, 그리고 다시 명나라 학자 등림의 「비지備旨」까지 배우고 터득하려는 데에는 희열이 있기에 가능한 것이지요. 「비지」는 주자 이후 갖가지 해석의 종합이니 집단지성의 성과물인 셈입니다.

배운다는 '학'은 모르는 내용을 선인들을 통해 알게 된다는 의미입니다. 익힌다는 '습'은 그렇게 알게 된 것을 터득하는 과정입니다. 자신의 것으로 만드는 일이지요. 이를 설명한 주자의 해석이 고개를 끄덕이게 합니다. 새가 날갯짓하는 것은 바로 새의 삶 자체 아니겠습니까. 온전하게 고전 원문에서 배우고 익히며 기뻐한다는 의미입니다. 안도현 시인의 시를 빌자면 "한 번이라도 뜨거운 사람이었느냐"며 자문할 수 있겠지요. 공자의 참모습에 조금이라도 다가가려는 노력이라고나 할까요?

처음 『논어』 공부를 하겠다고 『원본비지 논어집주』를 펼칠 때가 생각납니다. 온통 한자로만 이뤄진 그 책을 처음 접할 때의 난감함은 지금도 잊지 못할 기억입니다. 그런데 그 글자들이 마음에 소용돌이를 일으키는 걸 느끼며 공자의 한마디 한마디가 살아 있음을 확인했습니다. 배우고 익힌다는 것이 그렇게 사람을 저절로 춤추게 한다는 사실을 깨달은 것이지요. 기쁘지 않을 수 없는 일입니다.

여기서 잠깐, 『논어』와 주자의 『논어집주』, 그리고 등림의 「비지」에 이르는 과정을 살펴보겠습니다. 공자가 유학의 창시자요, 유학을 대표하는 경전이 『논어』라는 점엔 이론의 여지가 없습니다. 유학에 새바람을 일으킨 주자는 신유학을 대표합니다. 물론 주자 이전에도 많은 유학자들이 있었습니다. 그중에서도 우뚝한 이가 주자요, 그 결과물이 『논어집주』입니다. 주자 이후에도 『논어』에 대한 탐구가 거듭됐습니다. 이를 잘 정리한 사람이 등림입니다. 명나라 초기 학자인 등림은 중국 최대 백과사전인 『영락대전』제 작에도 힘을 보탠 학자였습니다. 그가 작성한 『논어』 주석이 「비지」입니다. 주자 이후 수많은 해석을 깔끔 하게 소화해 '주석의 주석'이란 평을 받습니다.

주자의 신유학인 주자학은 조선을 떠받치는 국가 통치 이념이 됐지요. 그 학문적 성과는 퇴계 이황과 율곡 이이로 이어져 조선 성리학으로 꽃피었습니다.

'학이시습'에 공자 삶의 목적이 담겨 있습니다. 공 자는 무엇을 배우고자 했을까요? 사람이 되고, 사람 이 되는 길을 배우자고 합니다. 이것이 바로 학인學人 의 길입니다. 공자는 군자라 했지만, 요즘 말로 하자 면 시대를 이끌어가려는 사람이자 바람직한 인간상 으로 해석할 수 있겠습니다. 공부를 통해 우리는 매 일 조금씩 나아집니다. 그러니 배움은 기쁨의 원천 이지요. "벗이 먼 곳으로부터 오면 또한 즐겁지 아니 한가." 하며 뜻을 같이하는 동지들과 그것을 공유하 였고, "남이 나를 알아주지 않더라도 성내지 않으면 또한 군자가 아니겠는가."라고 스스로 위로합니다.

공자의 삶은 인간적 슬픔과 정치적 좌절로 얼룩졌습니다. 아들 백어를, 애제자 안연과 호위무사 자로를 자신보다 먼저 보냈습니다. 인치仁治를 내세웠으나 세상으로부터 외면당했습니다. 그 슬픔과 좌절을 '배움을 사랑하는 것'으로 승화했습니다.

공자의 가르침은 군더더기 없이 담백하고 명쾌합니다. 하지만 주자는 공과가 있지요. 공자를 성인의 반열에 올려놓았지만, 한편으로 교조화했다는 지적을 받습니다. 이에 비해 등림은 집단지성의 표본으로 여겨집니다.

등림이 '학이시습'을 어떻게 설명했는지 살펴보겠습니다.

"사람의 성품은 다 선善하니 그 선함을 밝혀 처음을 회복하고자 한다면 실마리가 배움에 힘입어야 한다. 그 어려움을 괴롭다고 여겨 기뻐하지 않는 사람은 배움이 익숙하지 못한 까닭이다. … 조용히 침잠해서 공부하면 기쁘게 스스로 터득해 나아감에 그칠 일이 있겠는가."『원본비지 논어집주』, 학민문화사 여기서 빠트려서는 안 되는 대목이 있습니다. 공자는 자기 수양에 더해 끊임없이 사회적 실천을 추구했습니다. 배움과 실천을 수레의 두 바퀴처럼 굴렸습니다. 이러니 공자를 사회의 목탁木鐸으로 여겼겠지요. "천하에 올바른 도가 없어진 지 오래되었다. 하늘이 장차 부자공자로 목탁을 삼으리라."는 구절을 『논어』 「팔일」3.24 편에서 확인할 수 있습니다. 요즘에는 목탁을 스님이 주로 사용합니다만, 당시 목탁은 정사를 가르칠 때 흔들어 사람을 경계하는 데 썼다고 합니다. 목탁은 세상을 깨우치는 역할을 상징합니다.

⫻║║— 기성세대의 반성을 촉구하는 사회적 목탁 역할이 여전히 필요합니다. 또 청춘세대를 호학의 길로 이끄는 일도 중요합니다. 공자의 가르침이 오늘도 유효한 이유입니다. 재즈 뮤지션들이 즐겨 연주하는 곡, 키스 자렛 트리오의 <내가 만약 종이라면(If I Were A Bell)>(QR코드 또는 인터넷 주소https://youtu.be/CZp0MuiR6H0)을 들어보시죠.

분발하지 않으면
그 뜻을 열어주지 않는다

불분불계 不憤不啓

03

'줄탁동시啐啄同時'는 중요한 행사에서 자주 언급되는 말입니다. 그 속뜻이 시사하는 바가 그만큼 깊습니다. 2020년 1월 3일 추미애 법무부장관이 취임사에서 "검찰개혁의 성공적 완수를 위해서는 검찰의 안과 밖에서 개혁을 향한 결단과 호응이 병행되는 줄탁동시가 이뤄져야 할 것입니다."라고 말했습니다. 검찰개혁은 시대적 요구인 만큼 이제는 검찰 안에서도 개혁을 향한 목소리가 나와야 한다며 줄탁동시의 메시지를 보낸 것입니다.

이대로라면 누구라도 납득할 수 있겠지요. 하지만 검찰개혁을 두고 논란이 여전합니다. 추 장관은 인사권과 감찰권으로 검찰을 합법적으로 통제하겠다고 했습니다. 검찰은 청와대 감찰 무마 사건과 선거 개입 의혹 수사가 추 장관의 인사권 행사로 가로막혔다고 반발했고요. 야당은 한술 더 떠 문재인 정부의 독재이자 전횡이라고 주장했습니다. 문재인 대통령은 '중단 없는 권력기관 개혁'을 강조했습니다. 그 배경은 국민적 요구입니다. 그 국민을 똑같이 거론한 사람이 윤석열 당시 검찰총장이었습니다. 윤 전 총장은 "국민과 함께 바른 검찰을 만들겠다."고 했습니다. 윤 전 총장은 이 검찰개혁의 방향을 두고 조국 전 법무부장관, 추미애 전 법무부장관 등과 충돌하며 이견을 드러내다 자진사퇴했습니다.

줄탁동시는 병아리가 알을 깨고 나오려면 어미 닭과 알 속의 새끼가 안팎으로 쪼아야 한다는 뜻입니다. 알 안에서 검찰이 노력한다면 국민이 거들겠지요. 검찰개혁은 검찰과 정치의 연결고리를 끊고 정치의 영역과 사법의 영역을 구분한다는 것입니다. 온 나라를 두 쪽으로 나누듯 개혁과 보수 진영으로 나뉘어 논란이 일었으며, 두 가지 문제가 여전히 남아 있습니다. 검찰개혁을 위한 보완 입법이 하나입니다. 국민이 과연 어떤 생각을 하고 있느냐는 것은 굉장히 어려운 또 하나의 숙제입니다. '온고이지신溫故而知新'이란 주제를 줄탁동시로 시작하는 이유는 온고가 스승국민의 일이라면, 지신은 제자의 몫, 제자검찰가 알 속에서 껍질을 쪼고 스승이 밖에서 도와주는 일이 필요하기 때문입니다.

『논어』「위정」 2.11 편에서 공자는 "옛것을 익히고 새로운 것을 알면 가히 스승이 될 만하다."고 말했습니다. "온溫은 찾고 찾아 생각해서 풀어냄이고, 고故는 예전에 들은 것이요, 신新은 지금 터득한 바다. 예전에 들은 것을 때때로 익히며 새로 터득하면 배운 바가 내게 있어 그 응함이 끝이 없다. 그러므로 남의 스승이 될 수 있다."고 주자가 풀었습니다.

옛것에 대한 비판적 시각, 새것을 창출하려는 적극적인 의지가 필요하겠지요. 그래서 온고와 지신 사이의 이而에 주목합니다. '온고'에 방점을 찍을지, '지신'에 방점을 찍을지에 따라 다양한 변주가 가능하기 때문입니다. 옛것을 익혀서 새것을 안다, 옛것을 익히고 새것을 안다, 옛것을 익히며 새것을 안다, 옛것을 익히되 새것을 안다, 옛것을 익히면 새것을 안다, 옛것을 익혀야 새것을 안다, 옛것을 익히니 새것을 안다, 옛것을 익힌 후에 새것을 안다, 옛것을 익히는 것이 곧 새것을 아는 것이다.

여러분은 어느 것을 선택하시겠습니까.

분명한 것은 진리의 실천, '지행합일知行合一'의 중요성입니다. 지가 공부라면 행은 곧 실천이지요. 그 과정이 바로 배워서學 깨치는覺 일입니다. 온고이지신해서 스승이 될 수 있다는 것은 결국 아는 것을 실천하자는 의미입니다.

아는 것을 실천하기 위해 공자는 최선을 다했습니다. '발분망식發憤忘食', 이치를 얻지 못하면 분발심이 일어나 밥 먹는 것도 잊어버린다는 가르침이 바로 그것입니다.

『논어』「술이」7.18 편을 살펴보죠. 초나라 정치가인 섭공이 자로에게 공자의 사람됨을 물었는데, 자로가 제대로 답을 못했습니다. 이를 전해들은 공자가 말합니다. "학문에 집중해서 의문이 풀리지 않으면 분발심이 일어나 밥 먹는 것도 잊어버리고, 이치를 터득하면 즐거워서 장차 늙어가는 것도 의식하지 못하는 사람이라고 말해주지 않았느냐." 그렇습니다, 공자가 이런 사람입니다. 공자는 또 앞뒤가 꽉 막힌 제자는 가르치지 않았습니다. '불분불계不憤不啓', '불비불발不悱不發', "분발하지 않으면 그 뜻을 열어주지 않으며, 하고자 하는 말을 말하려고 노력하지 않으면 그 말을 통하게 해주지 않는다." 이 또한 「술이」 7.8편에 있습니다.

◁▥▥── 밥 말리의 <구원의 노래(Redemption Song)>(QR코드 또는 인터넷 주소 https://youtu.be/Md8EesTaIsA)는 사연이 많은 노래입니다. 그는 1978년 정치권이 극단적으로 반목하던 자메이카에서 'One Love'라는 주제로 화해의 콘서트를 열고, 당시 여야 수장을 초대해 악수하게 했지요.

하나로 꿰어서
통달할 때까지 간다

일이관지 一以貫之

04

'구슬이 서 말이라도 꿰어야 보배'라고 하지요. 아무리 훌륭하고 좋은 것이라도 다듬고 정리해 쓸모 있게 만들어야 값어치가 있다는 말입니다. 그냥 구슬과 값진 보배의 차이를 모르는 이는 없을 테지요. 구슬과 보배 사이, 그냥 구슬과 구슬이 보배로 변하는 과정엔 많은 사연이 숨어 있습니다.

최인호 소설가는 『소설 공자』의 마지막 장인 6장을 구슬 이야기로 풀며 공자의 일생을 마무리합니다. '아홉 구비나 구부러진 구멍이 있는 진귀한 물건'인 이 구슬은 공자의 정치적 이상을 실현하려는 집념의 표상이기도 하고, 이를 위해 스스로 노력하는 자세의 상징이기도 합니다. 공자는 누에를 치기 위해 뽕나무 잎을 따는 아낙네에게까지 가서 구슬 구멍에 실을 꿰는 방법을 묻습니다. 정치적 이상을 이루려 끊임없이 노력하는 공자의 모습이 그려집니다.

제자인 자하가 그 구슬을 통해 스승을 회상하는 건 그런 이상이 이어짐을 나타내는 아름다운 모습이었습니다. 이처럼 '하나로써 꿰어서 통달한다.'는 공자의 '일이관지一以貫之' 선언에는 앞선 이들의 교훈과 뒤따르는 이들의 의지가 쌓여 있습니다. 공자의 가르침이 2,500년 세월을 이어오며 오늘에 닿아 있는 까닭이지요. 뿌리 깊은 나무, 샘 깊은 물…. 그에 비하면 요즘 정치는 파르르 끓었다 식는 냄비 같다고나 할까요.

2020년 2월 초 문재인 대통령이 취임 1,000일을 맞았던 무렵의 일입니다. 문 대통령이 그 감회를 SNS에 올렸습니다. "쑥과 마늘의 1,000일이었을까요? 돌아보면 그저 일, 일, 일, 또 일이었습니다."라고 적었습니다. 이어 "지금은 신종 코로나라는 제일 큰 일이 앞에 놓여 있습니다."라고 덧붙였습니다.

곰이 쑥과 마늘만 먹으며 100일을 버텨 웅녀로 변했다는 단군신화를 떠올리면 그 10배인 1,000일은 만만한 시간이 아닙니다. 하지만 1,000일이라고 청와대 참모들과 축하와 덕담을 나눴다니 소소한 여유일까, 한가하다고 해야 할까 하는 생각이 오갔습니다. 아니나 다를까. 다음날 야당에서 이를 두고 견제구를 던졌습니다. 야당 원내대표는 문 대통령이 "낯간지러운 자기 칭찬만 하고 있다."고 지적했습니다. 둘 다 마뜩잖기는 마찬가지입니다. '담대하게 남은 길을 가겠다.', '지켜보겠다.' 하는 것이 정상적이고 건강한 정치 아닐까요?

국정 수행의 하루하루가 지뢰밭을 건너듯 조심스럽고 어렵지 않은 날이 있겠습니까. 아무도 가보지 않은 길을 개척하는 일이겠지요. 이를 수고롭게 여기지 않고 슬기롭게 이겨나가는 게 바로 대통령의 길이자 모든 인간의 길입니다. 이쯤에서 공자가 제자에게 전한 가르침을 소개하겠습니다.

공자의 인생 모토인 '간즉길艱則吉'입니다. 제자가 묻습니다. "스승님, 인생을 한마디로 말해주십시오." "고난이다! 그런데 명심하라. 고난을 이겨내야 길함이 있다." 길하다는 건 좋은 일, 웃을 일이겠지요. 그리고 공자는 몸소 이를 보여줍니다. "아침에 도를 깨친다면 저녁에 죽어도 좋다."며 평생 도를 좇고, 그 도를 실현하고자 13년 동안 천하를 돌아다녔습니다. 그 도는 공자 가르침의 핵심인 인의 실천이니, 바로 아는 것과 행동하는 것이 하나되는 일입니다.

'위편삼절韋編三絶'이라는 말을 들어보셨는지요. 공

자가 『주역』을 어찌나 깊이 공부했는지 이 책을 엮은 가죽 끈이 세 번이나 끊어졌다는 고사성어입니다. 공자 시대 책은 대나무를 잘라 가죽 끈으로 엮어 만들었다고 합니다. 그렇게 공자는 『주역』을 완성했지요. 이는 공자 이전에 틀을 갖춘 이 책을 보완해서 생명정치 철학의 지침서로 만들었다는 이야기입니다.

'간즉길'은 공자가 위편삼절하면서 『주역』 해설서인 「계사전」을 쓸 때 키워드로 여겼던 대목입니다. 그래서 『주역』을 『논어』의 뿌리로 여기는 사람도 많습니다. '간즉길'에는 스스로 힘이 부족하다는 사실을 절실하게 깨닫고 굳건한 뜻과 넘치는 열정으로 어려움을 극복한다면 머잖아 허물이 없어지고 목표를 실현할 수 있다는 의미가 담겼습니다.

'간즉길'은 '일이관지'가 그만큼 어렵지만 추구해야 할 길임을 확인합니다. '일이관지'는 공자의 사상과 행동이 하나로 연결되어 있음이요, 요즘으로 말하자면 뜻과 행동이 한결같아야 한다는 삶에 대한 간절한 지침이기도 합니다.

하나로써 꿰어서 통달한다는 '일이관지'는 『논어』

두 곳에 나옵니다. 「이인」4.15 편을 보겠습니다. 공자가 제자인 증삼증자에게 말합니다. "나의 도는 하나로써 꿰어서 통달했느니라." 증자는 "알겠습니다." 하고 대답했습니다. 이 말을 들은 다른 제자들은 속뜻을 알 길이 없습니다. 그래서 공자가 자리를 비운 틈을 타서 제자들이 증자에게 무슨 뜻인지 묻습니다. 증자는 "스승님의 도는 충忠과 서恕일 뿐"이라고 풀어줍니다.

주자는 이를 두고, 자신을 다하는 것[진기 盡己]을 '충', 역지사지易地思之처럼 자신을 미루어 다른 사람에게 미치는 것[추기 推己]을 '서'라고 해석했습니다. 충과 서는 주자학의 핵심인 경敬으로 이어집니다. 오로지 마음에 경을 두고 집중하여 흐트러짐이 없게 한다는 '주일무적主一無適'으로 설명할 수 있습니다. 문제는 공자의 인이라는 그 깊은 뜻을 충과 서라는 테두리로 가둘 수 있느냐는 것입니다. 증자의 설명이지 공자가 직접 한 말이 아니기 때문입니다. 그럴수록 일이관지에 담은 공자의 속뜻은 더욱 궁금해집니다.

또 하나의 '일이관지'는 「위령공」 15.2 편에서 찾아볼 수 있습니다. 공자가 제자인 자공에게 "너는 내가 많이 배우고 그것을 기억하는 사람이라고 여기느냐."고 묻고, "아니다. 나는 하나로 꿰고 있다."라고 스스로 답하였습니다. 다시 한 번 '일이관지'를 강조한 것입니다.

그렇다면 '일이관지'에 깃든 공자의 깊은 생각은 무엇일까요?

공자 가르침의 핵심이 인이라는 점은 이미 언급했습니다. 공자 스스로 이를 깨치고자 "15세에 학문에 뜻을 두고, 30세에 학문을 세웠으며, 40세에 미혹됨이 없었고, 50세에 천명을 알았으며, 60세에 귀가 순해졌고, 70세에 마음이 원하는 바를 따라도 법도에 어긋남이 없었다."고 할 정도로 한결같이 학문에 정진했습니다. 그리고 공자는 이를 실천하고자 13년 동안 천하를 돌아다녔지요. 고난의 연속이었으나 담담하게 받아들이며 인을 실천하려고 최선을 다했습니다. 특히 고국인 노나라로 돌아온 뒤 인 사상을 『주역』을 비롯한 여러 경전에 담아 후세에 전한 학자의 면모는 오늘까지 면면이 이어지고 있지요. 앞의

폭과 깊이를 넓히고 깊게 하며 아는 만큼 실천했습니다.

공자는 학문과 실천을 수레바퀴처럼 함께하려 했지만 현실의 벽은 높았습니다. 노나라에서 법무부 장관에 해당하는 벼슬인 대사구로서, 권력을 마음대로 휘두른 족벌세력인 삼환三桓 씨를 깨끗이 평정하려다 실패했습니다. "도가 행해지지 않는구나. 뗏목을 타고 바다로 나간다면 나를 따라갈 사람은 아마 자로이리라."라며 안타까움을 비쳤습니다. 공자의 이 말은 혼란스러운 정치 탓에 피해를 보는 많은 사람에 대한 연민, 이를 극복하려는 새로운 정치의 갈망 그 자체가 아닐까요. 그렇다고 공자는 포기하지 않았습니다. '간즉길'을 믿고 '일이관지'했지요.

지초와 난초가 깊은 숲속에 나서
알아주는 사람이 없다고 해서
그 향기를 내뿜지 않는 것은 아니듯이
군자도 도를 닦고 덕을 세우다가
곤궁에 빠졌다 해서 절의를 바꾸지는 않는 법이다

인을 행하는 것은 사람이고, 죽고 사는 것은 운명
이다.

『공자가어』에 나오는 이 구절이 그 증거입니다.
『공자가어』는 공자의 언행이나 공자와 제자의 문답
등 『논어』에 빠져 있는 공자의 일화를 기록한 책입
니다.

공자가 이 과정에서 내세운 두 가지 원칙이 있습
니다. 하나는 '기소불욕물시어인己所不欲勿施於人', 자
기가 하기 싫은 일은 남에게 시켜서는 안 된다는 것
입니다. 다른 하나는 '기욕입이입인 기욕달이달인己
欲立而立人 己欲達而達人', 자기가 서고자 하는 것에 남을
세워주고 자기가 이루고자 하는 것을 남에게 이루게
해준다는 것입니다. 전자가 스스로에게 엄격한 기준
이라면 후자는 나에게서 비롯해 다른 사람에게 퍼지
게 하려는 적극적 관점입니다. 우리 정치와 사회가,
그리고 우리 스스로가 그런 마음을 가졌으면 좋겠습
니다.

자, 이제 아홉 구비나 구부러진 구멍이 있는 진귀한 구슬에 실을 꿰는 방법을 알아채셨습니까. 개미를 잡아 개미 허리에 실을 매는 게 처음이고, 개미를 구슬의 한쪽 구멍에 밀어 넣는 게 다음이고, 다른 구멍에 꿀을 발라 유인하지요. 이렇게 개미가 꿀 냄새를 향하여 달려가면 아홉 구슬을 꿰게 됩니다.

⫸⎯ 아르헨티나의 국민가수 메르세데스 소사의 <모든 것은 변한다(Todo Cambia)>(QR코드 또는 인터넷 주소 https://youtu.be/98XkPcmCv0)는 노래가 그런 공자의 심정을 나타낼 수 있지 않을까 싶습니다. '모든 것이 변하는 것처럼 내가 변한다 해도 이상할 것은 없지요. 그러나 내 사랑은 변하지 않아요.'라는 가사처럼.

진리에
뜻을 두고 산다

지어도 志於道

05

조선 3대 왕 태종은 "천성이 총민하고, 학문에 독실하며, 정치하는 방법을 안다."며 충녕대군을 세자로 세웁니다. 1418년 8월 세자 충녕대군이 왕위에 오르니, 바로 4대왕 세종재위 1418~1450 입니다. 세종은 '나라의 근본인 백성을 사랑하라.'는 공자의 가르침에 충실하며 조선의 기틀을 잡았습니다. 세종의 업적 중에 빼놓을 수 없는 것이 음악입니다. 공자는 인을 실천하는 방법으로 예악禮樂을 강조했지요. 예악은 몸을 닦고 나라를 다스리는 고도의 정치행위입니다. 당연히 세종은 국가의 통치에 합당한 음악에 힘을 쏟았지요. 악보인 〈정간보〉 창안, 기본음을 정하는 편경의 국산화, 아악 정리, 〈여민락〉이 포함된 〈봉래의〉 작곡 등입니다. 이렇게 세종이 펼친 예악정치를 '균화鈞和'라고 합니다.

세종의 가장 위대한 업적으로 꼽히는 '훈민정음', 한글 창제에도 음악이 한몫을 합니다. 훈민정음을 만든 세종은 반포하기 전에 〈용비어천가〉를 짓습니다. 세종의 명을 받들어 권제와 정인지 등 여러 학자가 참여한 이 노래는 모두 125장에 조선 건국의 당위성을 담았지요. 훈민정음이 제대로 만들어졌는지 실험한 셈입니다. 세종 25년1443 창제한 훈민정음은 세종 28년1446 반포되었습니다. 〈용비어천가〉는 세종 27년1445 지어지고, 세종 29년1447 주해를 덧붙여 간행됩니다.

〈용비어천가〉의 첫 1~4장과 마지막 125장으로 만든 음악이 〈여민락〉입니다. '여민동락與民同樂', 백성과 즐거움을 함께한다는 뜻인데, 이 말은 요즘 정치인들도 많이 쓰지요. 공자의 법통을 이은 맹자의 '여민동락' 정신을 담은 〈여민락〉은 지금도 연주되고 있습니다.

정치에 뜻을 두고 있는 사람이라면 '여민동락'과 〈여민락〉의 의미를 잘 새겼으면 좋겠습니다. 정치를 하겠다고 나선 이들은 저마다 굉장한 비전과 포부를 내세우며 유권자를 설득합니다. 하지만 아쉽게도 역사의 교훈을 외면하는 경우가 많습니다. "사람들은 역사를 좋아하면서도 배우려 하지 않는다."는 마키아벨리의 충고처럼요. 유권자도 마찬가지입니다. 정치인의 말이 아니라 그 정치인의 행동을 보고 표를 줄지 말지 결정해야 합니다. '지어도志於道'는 도에 뜻을 둔다는 말로, 진리에 뜻을 두고 산다는 의미입니다. 우리가 바라는 정치인은 국민을 사랑하는 마음을 우선하는 이가 아닐까요? 좋은 정치에는 시詩와 예禮와 악樂이 함께합니다. 그리고 그건 가까이 있습니다. 여민동락이 한 예라 하겠습니다.

　『논어』「술이」 7.6 편을 보겠습니다. "도道에 뜻을 두고, 덕德에 근거하며, 인仁에 의지하여, 예藝에 노닌다." 이를 두고 주자는 "사람이 배움에 마땅히 이와 같아야 한다."고 강조했습니다. 평생 학문을 좋아하는 사람으로 살고자 했던 공자의 이상적인 삶의 태도라는 이야기입니다. 도를 인이자 사랑, 인함, 사람다움이라 한다면 덕은 인격을 닦는 일, 인격의 완성, 즉 사람다운 사람이 됩니다. 공자는 덕을 쌓아가자 또는 발전시키자며 '위학일익爲學日益'에 방점을 찍고, 노자는 나쁜 습관을 제거하자 또는 악을 바로잡자며 '위학일손爲學日損'하고자 합니다. 둘 중 어느 한 쪽에만 치우치지 않고 균형을 잡는다면 그것이 바로 덕을 제대로 실현하는 길이겠지요.

맹자는 "인은 사람이다. 합해서 말하면 도"라고 했습니다.『맹자』「진심」하 16 이를 조윤제 작가는 『다산의 마지막 공부』에서 이렇게 갈무리했습니다. "사랑이 곧 사람이다. 사람과 사랑이 합해지면 그것이 바로 도다."

여기서 꼭 짚고 가야 할 점이 있습니다. 인을 실현하는 성인이 되겠다가 아니라 성인이 되고자 매일 스스로를 갈고 닦겠다는 자세입니다. 그것이 바로 지행합일, 지행일치입니다. 배움의 현실적인 목표인 입신양명에만 매몰되어선 안 됩니다. '지어도'는 그 너머를 지향하고 있다는 점을 분명히 해둡니다. 그래야 공자의 지향점을 공유할 수 있습니다.

이제 『논어』「태백」 8.8 편에 나온 내용 "시詩에서 일어나고, 예禮에서 서며, 악樂에서 완성되느니라." 시는 '사무사思無邪', 생각에 사특함이 없는 순수한 마음입니다. 예는 다양성의 조화를, 악은 아름다운 음악의 완성을 위해 평생 갈고 닦는 대동의 하모니라고 할 수 있지요. 예는 사람이 함께 살아가는 방법이고, 악은 그 사람 마음의 움직임입니다. 그러니 예로 상하를 구별하고 악으로 수평의 조화를 이룰 수 있다고 했습니다. 그래서 예와 악은 겉으로는 서로 다른 듯하나 그 근본은 다르지 않습니다. 예악을 따로 떼어서 생각할 수 없음을 알 수 있습니다. 시에서 일어나고, 예에서 서며, 악에서 완성하는 일이 결코 만만치 않습니다.

공자가 아들 백어에게 "시를 배우지 않으면 말을 제대로 할 수 없다." 하고, "예를 배우지 않으면 세상에 나가 설 수 없다." 한 '과정지훈過庭之訓'에서 이를 알 수 있습니다. 공자가 아버지로서 아들에게 당부한 두 가지가 바로 시와 예입니다. 시는 성품과 감정을, 예는 공손과 공경과 사양과 겸손을 근본으로 삼으니 자기를 대하기는 '추상秋霜', 가을서리처럼 엄정합니다. 반면에 남을 대하기는 '춘풍春風', 봄바람처럼 따뜻하게 하라는 가르침으로 여겨집니다.

이 '춘풍추상'이 요즘 정치권에서 우스갯소리처럼 오가는 말로 품격이 떨어지고 있으니 큰일이 아닐 수 없습니다. 청와대 직원들이 교훈으로 삼아야 한다며 사무실마다 '춘풍추상'이란 액자를 걸어놓았음에도 불구하고 그 정반대인 '내로남불 내가 하면 로맨스 남이 하면 불륜' 식의 어처구니 없는 일이 벌어지니 하는 말입니다. '직보다 집', '똘똘한 한 채' 등 유행어를 남기고 물러난 청와대 고위간부들을 두고 쏟아진 비난입니다.

다시 『논어』 「술이」 7.29 편을 보겠습니다. 공자는 인이 바로 가까이 있다고 했습니다. "인이 멀리 있는 줄 아느냐? 내가 인하고자 한다면 여기에 인이 이를 것이다." 인은 마음의 덕이니 밖에 있는 것이 아닙니다. 맹자는 이에 더해 잃어버리고 구하지 않을 뿐이라고 했습니다. '구기방심求其放心', 학문은 잃어버린 마음을 찾는 과정입니다. 하고자 한다면 곧장 찾을 수 있습니다.

정리하면 이렇습니다. 인, 즉 사람다움이자 사랑을 위한 궁극적 목표가 '지어도'에 녹아 있습니다. 시와 예와 악은 인을 행하는 방법과 목적으로 볼 수 있지요. 여기서 주의해야 할 점이 있습니다. 누구나 도에 뜻을 두고 열심히 공부할 수 있지요. 하지만 열심히 공부해서 이름을 날리고 정치의 꿈을 이루는 건 일

반적인 목표이지, 인을 향한 궁극적인 목표가 될 수 없습니다.

‖⊪— '해마다 봄이 되면 어여쁜 꽃피워 / 좋은 나라의 소식처럼 향기를 날려 / 그 그늘 아래 노는 아이들에게 / 그 눈물 없는 나라 비밀을 말해 주는 나무'. 시인과 촌장의 <나무>(QR코드 또는 인터넷 주소 https://youtu.be/yCIvh_K1D_Y) 가사처럼 아낌없이 주는 나무와 '인'을 견주어봅니다.

배우고 가르치는 일에
부지런하라

학불염교불권 學不厭敎不倦

06

신종 코로나바이러스 감염증코로나19 사태가 빚은 충격적 변화 가운데 하나가 교육현장의 모습입니다. 마스크로 얼굴을 가리는 것도 모자라 아예 교문이 닫혔습니다. 함께 모여서 공부하던 풍경이 한순간에 바뀌었습니다. 흩어져서 따로따로 공부하는 원격수업이 새로운 수업방식이 되면서 두 가지 이야기가 눈길을 끌었습니다. 교육혁신의 가능성과 학력격차입니다. 먼저 코로나19가 초래한 뜻밖의 교육환경이 오히려 교육혁신을 앞당길 수 있다는 가능성입니다. 4차 산업혁명 시대에 걸맞은 새로운 교육방식 채택의 길을 열었다는 긍정적인 입장입니다. 하지만 원격수업에 따른 학력격차를 걱정하는 목소리도 만만찮습니다.

어느 쪽이든 교육부의 어정쩡한 태도는 영 마뜩잖습니다. 대학의 원격수업을 엄격하게 제한하고 있던 교육부였습니다. 코로나19라는 미증유의 상황에서야 떠밀리듯이 대학의 원격수업을 전면 수용했습니다. 또한 초·중·고교의 원격수업에 따른 학력격차에 시원한 해법을 내놓지 못했습니다. 그리고 예기치

못한 상황이 불거질 때마다 '자율'을 강조하며 슬그머니 책임 있는 대안 제시에서 한발을 뺍니다. 이 나라의 교육행정을 총괄하는 교육부의 모습입니다.

코로나19로 모든 것이 어렵고 생소했던 2020년 교육현장에선 이런 일도 있었습니다. 학생들이 기를 쓰고 들어가려는 서울대학교에서 벌어진 졸업식 해프닝입니다. 코로나19 여파로 마련한 간소한 졸업식 계획이 최악의 졸업식 논란으로 비화하면서 전면 취소되었습니다. 서울대는 학사, 석사, 박사 졸업 예정자 4,748명 가운데 성적 우수자 등 대표 66명만 참석하는 졸업식을 준비했습니다. 이를 두고 학점만이 대학생활의 척도냐는 지적이 나오면서 이마저 접었습니다. 제74회 학위수여식은 총장 졸업식사만 남았습니다. "학생으로 있었던 시기보다 앞으로 여러분들의 미래에 더 중요하고, 더 놀라운 일이 많이 생길 것입니다. 그런 풍성한 기대를 가지고, 좋은 기억을 가지고 대학 문을 나서길 염원합니다."

'대학은 인격을 도야陶冶하고, 국가와 인류사회의

발전에 필요한 심오한 학술 이론과 그 응용방법을 가르치고 연구하며, 국가와 인류사회에 이바지함을 목적으로 한다.'는 고등교육법 구절을 찾아 읽어봅니다. 평생 배우는 걸 즐거움으로 삼고 가르치길 게을리 하지 않은 공자의 뜻과 다르지 않습니다. 눈높이에 맞게 가르치고, 맞춤하게 지도하여 교육혁신의 상징이 된 공자입니다. 그것도 논리보다 힘을 우선하는 춘추시대에 이뤄진 일입니다.

교육부는 이 위기상황에서 '사람중심 미래교육'이라는 가치에 얼마나 충실했는지 자성할 일입니다. 생애주기 전체를 고려한 맞춤형 교육, 개인의 소질과 적성이 존중받는 교육, 부모의 소득격차가 기회의 격차로 이어지지 않도록 국가가 책임지는, 국민의 삶에 실질적인 도움이 되는 교육에 한참 못 미친다는 불만이 코로나19 비상상황에서 터져나왔기 때문입니다.

『논어』「술이」 7.2 편을 보겠습니다. "묵묵히 마음속에 기억하며, 배우기를 싫어하지 않으며, 다른 사람을 가르치기를 게을리 하지 않는 것, 그 중에 어느 것이 나에게 있는가?"

묵이지지默而識之와 학이불염學而不厭과 회인불권誨人不倦은 공자가 강조하는 호학好學의 방법론입니다. 이를 맹자가 '학불염교불권'으로 정리했습니다 『맹자』「공손추」상2. 스스로를 갈고 닦는 데 공자가 마음에 둔 공부의 방향이 있습니다. 스스로 알고 나면 어떻게 해야 하죠? 그렇습니다. 다른 사람을 가르치는 일에 정성을 다해야죠. 바로 그것입니다.

여기엔 중요한 두 가지가 있습니다. 하나는 공자가 '나에게 있는가.' 하며 스스로를 낮췄다는 점입니다. 맹자도 그의 제자를 가르치며 공자와 같은 태도를 취했습니다. 자기를 닦고 백성을 편안하게 하는 일은 끝이 없다는 이야기겠지요. 다른 하나는 『맹자』에서 확인할 수 있습니다. 공자 제자인 자공의 입을 빌어 "학불염은 지智요, 교불권은 인仁"이라고 합니다. 이를 풀면 '학불염은 지혜가 스스로 밝은 것이고, 교불권은 인함이 남에게 미치는 것'입니다.『맹자집주』

인이 사랑, 사람다움이라면 지智는 배움의 축적, 지혜입니다. 인격과 지혜가 최고 경지에 이른 사람이 성인聖人 아니겠습니까. 공자는 자신을 성인이라고 추어올리는 제자에게 손사래를 치며 '교학상장教學相長', 가르치고 배우며 함께 성장하자고 합니다. 공자 스스로 이렇게 말합니다. "성스러움이나 인 같은 것을 내가 어떻게 감당할 수 있겠느냐? 그러나 인과 성의 도를 행하기를 싫어하지 않으며 남을 가르치기를 게을리 하지 않는 것은 그렇다고 할 수 있다."『논어』「술이」 7.33. 참으로 멋지고 당당하지 않습니까.

⫸⊪⊪—— 매력적인 저음의 캐나다 음유시인 레너드 코헨이 들려주는 <송가(Anthem)>(QR코드나 인터넷 주소 https://youtu.c8-BT6y_wYg) 같은 분위기랄까요. 『예기』「학기」 편에 나오는 교학상장은 '상덕행 습교사(常德行 習教事)', 항상 덕을 행하고 늘 가르치는 일을 익히는 것과 '진덕수업(進德修業)', 인품을 더 발전시키고 자신에게 주어진 일에 최선을 다하라는 『주역』 구절과 닿아 있는 듯합니다.

사람의 일을 배우고
하늘의 이치를 깨닫다

하학상달 下學上達

07

조선의 개혁 군주이자 호학 군주로 통하는 22대 왕 정조재위 1776~1800는 '만천명월주인옹萬川明月主人翁'이 되길 원했습니다. 모든 냇물에 골고루 비추는 밝은 달처럼 백성을 골고루 보살피겠다는 의지의 표현으로 읽힙니다. 정조 개혁의 핵심은 백성이 먹고 살 거리를 만들고 문화를 부흥하는 일이었습니다.

정조가 즉위하면서 만든 규장각은 개혁정치를 뒷받침할 신진 엘리트 양성기관입니다. 유능한 인재를 뽑고 그가 직접 교육하는 초계문신抄啓文臣 제도를 규장각에 더했습니다. 초계문신의 대표적 인물은 실학을 집대성한 다산 정약용1762~1836입니다. 정조가 개혁의 상징인 수원 화성 건설을 위해 다산에게 주요 임무를 맡긴 것만 봐도 알 수 있지요. 바로 가르치고 배우며 함께 성장한 '교학상장'의 예가 아닐까요.

공자가 현실정치에서 외면당했듯 정조의 개혁정치도 그의 석연찮은 죽음으로 물거품이 되었습니다. 이후 다산은 18년 동안 유배생활을 했습니다. 하지만 다산은 그 긴 세월 동안 학문을 쌓으면서 이겨냈지요. 마치 공자가 정치가로 실패했지만 교육자로 '만세사표', 만세를 이어 영원한 스승의 표상이 된 것을 본받기라도 하듯 말입니다.

『논어』「헌문」14.37 편을 보겠습니다. 공자가 "나를 아는 이가 없구나." 하자 자공이 묻습니다. "어찌하여 선생님을 아는 이가 없다고 하십니까?" 공자가 말합니다. "하늘을 원망하지 않고 사람을 탓하지 않으며, 아래로 인간의 일을 배워 위로 천리를 통달했으니 나를 알아주는 건 하늘일 것이다."

'불원천불우인不怨天不尤人', 하늘을 원망하지도 사람을 탓하지도 않았습니다. 그리고 '하학상달下學上達', 아래로 사람의 일을 배워 위로 하늘의 이치를 통달했습니다. '학불염교불권'의 자세로 닦은 그 호학의 경지를 하늘만은 알아줄 것이라고 믿은 사람이 바로 공자였습니다.

다시 한 번 확인해보겠습니다. 우리가 배우는 이유는 사람답게 살기 위함입니다. 공자는 이를 수기修己, 스스로를 닦는 일이라고 했지요. 그러니 제대로 배워야겠지요. 그 배움을 어디에 사용해야겠습니까. 바로 공자가 말한 치인治人, 다른 사람과 더불어 살아가는 데 써야 합니다. 자신을 닦는 수기와 밖으로 세상을 구제하고 사람을 이롭게 하는 치인, '수기치인'은 수레의 두 바퀴처럼 어우러지는 것입니다. 여기서 중요한 점을 발견할 수 있습니다. 수기와 치인의 관계처럼 배우고 가르치는 일도 동전의 앞뒤처럼 한 몸이라는 것입니다. 끊임없이 연구하고 깨우치며, 이를 다른 사람에게 가르치기를 게을리 하지 않는 것이 우리 사회의 바람직한 미래, 희망의 봄을 갈구하는 자세, 바로 '학불염교불권'입니다.

⊪⊩⊩— 미국 재즈 피아니스트 빌 에반스의 <우리는 봄이 오리라는 것을 믿어야 해요(You must believe in Spring)>(QR 코드나 인터넷 주소 https://youtu.be/FTlKzkdtW9I)를 함께 들으며 희망의 봄을 떠올려보시죠. 끊임없이 배우고 깨치는 스승과 제자, 그 아름다운 관계를 통해 새로운 시대의 희망을 꿈꿔봅니다.

제2장

하늘의 운행이 강건하니, 사람은 이를 본받아야 한다

흐르는 물을 보게,
밤이고 낮이고
그치질 않는다네!

자강불식 自强不息

08

1909년 하얼빈 역에서 우리 민족의 원흉 이토 히로부미를 저격한 안중근 의사는 뤼순 감옥에 수감됐고, 이듬해인 1910년 2월 14일 사형이 선고됐으며, 3월 26일 순국했습니다. 안 의사가 뤼순 감옥에서 남긴 유묵이 많습니다. 그 가운데 '세한연후지송백지부조歲寒然後知松柏之不彫' 보물 제569-10호는 『논어』 구절에서 따왔지요. 유묵 한 켠에 '대한국인 안중근 서大韓國人 安重根 書'와 왼손 넷째 손가락 마지막 마디가 없는 손바닥 인장이 뚜렷합니다.

"내가 한국 독립을 회복하고 동양 평화를 유지하고자 3년 동안 해외에서 풍찬노숙하다가 마침내 그 목적을 달성하지 못하고 이곳에서 죽노니, 우리 2,000만 형제자매는 각각 스스로 분발해 학문에 힘쓰고 실업을 진흥하며, 나의 뜻을 이어 자유독립을 회복하면 죽는 자 여한이 없겠노라."

안 의사의 유묵을 보며 동포에게 고하는 마지막 글을 되새겨봅니다. 『논어』「자한」9.27 편을 보겠습니다. "날씨가 추워진 뒤에야 소나무와 잣나무가 늦게 시드는 것을 알 수 있다." 세한歲寒은 한겨울 추위입니다. 그 추위가 온 뒤에야 소나무松와 잣나무栢가 늦게 시드는 것彫=凋을 알겠다고 했습니다. 늘푸른 소나무, 의리와 지조의 상징으로 잘 알려진 구절입니다. 추사 김정희의 〈세한도〉는 이 그림에 얽힌 제자 이상적과의 인연으로 더욱 유명하지요.

앞서 '학불염교불권'을 통해 배우고 가르치는 자세를 확인했습니다. 그 호학의 자세를 유지하기가 만만찮지요. 공자의 두 제자 염구와 증자를 예로 들어 보겠습니다.

먼저 공문십철 가운데 한 사람인 염구염유입니다. 『논어』 「옹야」6.10 편에 나오는 이야기입니다. 염구가 공자에게 하소연합니다. "스승님의 도道를 좋아하지 않는 건 아니지만 힘이 부족합니다." 공자가 혼을 냅니다. "힘이 부족하다는 건 중도에서 그만둠이니 너는 스스로 한계를 짓는구나." 중도이폐中道而廢, 마지막 고개를 넘지 못한 염구는 결국 공자의 문하에서 쫓겨납니다.

증자는 다릅니다. 증자는 유자와 함께 극존칭인

'자' 자를 단 공자학단의 유명 제자이지요. 그의 말이 「태백」 8.7 편에 있습니다. "선비는 도량이 넓고 뜻이 굳세지 않으면 안 된다. 책임이 무겁고 갈 길이 멀기 때문이다. 인仁으로써 자신의 임무를 삼으니 무겁지 않은가. 죽은 뒤에야 끝나니 멀지 않은가." 개혁 과제가 산더미 같다며 〈교수신문〉에서 '2018년 올해의 사자성어'로 꼽은 임중도원任重道遠이 여기서 나온 말입니다. '인'이라는 임무를 맡았으니 어찌 무겁지 않겠으며, 죽은 뒤에야 끝날 일이니 어찌 멀다고 하지 않겠습니까.

결론으로 넘어가기 전에 공자의 충고를 밝혀둡니다. "산을 쌓든 땅을 고르든 첫걸음과 마무리는 뜻을 낸 사람의 몫"『논어』「자한」 9.18 이듯 "호학의 길은 한결같아야 하니 밤낮 없이 흐르는 강물에서 알 수 있다."「자한」 9.16 공부를 하든 세상살이든 어떤 자세여야 하는지 느껴지시나요? 시작한 이상 쉼 없이 지속하는 것, 십 년이고 이십 년이고 누가 뭐라든 계속 달려보는 것, 재능이 있어 잘하는 것보다 훨씬 힘든 일입니다.

권세가 있으면 떡고물을 찾는 사람들이 모여들어 문전성시門前成市를 이룹니다. 하지만 권세를 잃으면 발길이 끊겨 문 밖에 참새 잡는 그물을 칠 정도, 문외작라門外雀羅가 됩니다. 문전성시와 문외작라, 씹을수록 맛이 새롭지 않습니까. 이게 세상 모습입니다. 그래서 사마천이 기록했습니다. "한번 죽고 한번 사는 것으로 우정을 알 수 있다. 한번 가난해지고 한번 부자가 되는 것으로 세태를 알 수 있다. 한번 귀하고 한번 천한 것으로 우정이 드러난다." 지금이라고 다르겠습니까. 그래서 공자는 돈 많은 제자인 자공의 질문에 튕기듯 대답합니다. "가난하지만 아첨함이 없으며, 부유하지만 교만함이 없으면 괜찮으나 가난하면서도 즐거워하며, 부유하면서도 예를 좋아하는 것만 못 하다."『논어』「학이」1.15

공자는 한 걸음 더 나갔습니다.
'자강불식自强不息'입니다. "하늘의 운행이 강건하니 군자는 이를 본받아 스스로 힘써 쉬지 않느니라." 『주역』에 나옵니다. 군자는 인의와 예가 조화를 이룬 호학인의 전형입니다. 하늘의 운행이 강건하다는 건 자연이 쉼 없이 변한다는 말입니다. 당연히 이에 맞춰 스스로를 닦는 수양에 게으름이 없어야겠지요. 호학인에 이르려는 증자의 임중도원과 중도이폐한 염구, 어느 쪽을 택하겠습니까. 그 결과가 스스로 힘써 쉬지 않는 자강불식과 스스로 포기하고 돌아보지 않는 자포자기自暴自棄입니다.

'자포자기'는 맹자가 잘 설명했습니다. "자신을 해치는 자와는 함께 도를 말할 수 없고, 자신을 버리는 자와는 함께 도를 행할 수 없다. 말할 때마다 예의를 비방하는 것을 두고 자신을 해치는 '자포自暴'라 하고, 인을 행하거나 의를 따를 수 없다고 포기하는 것을 두고 자신을 버리는 '자기自棄'라 한다." 『맹자』 「이루」상.10

'인'은 사람의 편안한 집, '인인지안택仁人之安宅'이고, '의'는 사람의 바른길, '의인지정로義人之正路'인데 편안한 집에 머물며 바른길을 따르지 않겠습니까.

다시 늘푸른 소나무로 돌아옵니다. 인과 의에 뜻을 두고 죽을 때까지 이를 이루려는 사람은 늘푸른 소나무처럼 푸르고, 시린 한겨울 그 푸름이 더 도드라지겠지요. 이를 구별하는 밝은 눈도 그만큼 필요합니다. 안중근 의사가 하늘에서 지켜보고 있을지 모를 일입니다.

⊪⊪— 튀니지 출신 연주가 아누아르 브라헴이 깊고 긴 강물처럼 유려한 우드 연주를 선사하는 <리타의 놀라운 눈(The Astounding Eyes Of Rita)>(QR코드 스캔 또는 인터넷 주소 https://youtu.be/zU5WU_d7fsM)을 들으며 늘푸른 소나무의 속뜻, 자강불식을 생각해봅시다.

·ᆥ⊪ᆐ—— "가난하지만 아첨함이 없으며, 부유하지만 교만함이 없으면 괜찮으나 가난하면서도 즐거워하며, 부유하면서도 예를 좋아하는 것만 못 하다."

가르침에는
차별이 없다

유교무류　有教無類

09

『논어』에 관한 가장 오래된 기록은『한서漢書』「예문지藝文志」에서 찾을 수 있습니다.『한서』는 한나라 때 반고가 지었다고 하지요. "『논어』는 공자가 제자들을 깨우치거나, 제자들이 서로 나눈 의견 또는 공자로부터 들은 가르침"이라고 반고가 기록했습니다.『논어』를 꼼꼼하게 살펴보면 제자들의 다양한 인간상을 살아 움직이듯 재구성할 수 있지요.

『논어』에서 가장 많이 언급되는 제자는 자로입니다. 그만큼 캐릭터가 확실합니다. 일본 소설가 나카지마 아쓰시가 1943년 발표한 단편소설 「제자」가 그 예입니다. 소설의 마지막 부분이 인상적입니다. "보아라! 군자는 관을 바르게 쓰고 죽는 것이다!" 위나라 내란에 휩쓸린 자로는 공자의 걱정대로 살아돌아오지 못했습니다. 쓰고 있던 관이 벗겨지자 주워 바르게 머리에 쓰고 재빨리 끈을 묶었던 자로의 마지막 말이었습니다. 장렬한 최후, 흔들림 없는 자세로 널리 알려진 내용입니다.

자로의 죽음은 인의 길이 여러 갈래이듯 다양한 제자들의 면면 가운데 하나입니다. 이는 공자학단의 특징으로 고스란히 반영되어 있습니다. 가장 중요한 점은 '유교무류有敎無類', 가르침에는 차별이 없다는 원칙입니다. 당시 교육은 권력자만이 누릴 수 있는 특권이었습니다. 공자는 원하는 사람이면 누구나 교육을 받을 수 있게 했습니다. 신분이나 지위를 따지지 않고 차별을 없앴습니다. 또 공자는 맞춤형 교육으로 제자들을 가르쳤습니다. 인仁을 두고 수행비서 번지에겐 '사랑', 수제자 안연에겐 '극기복례'라며 수준을 달리했습니다. 이와 함께 "인에 대해선 스승에게도 양보하지 말라."며 토론을 통한 쌍방향 교육을 강조합니다. 이렇게 훌륭한 스승에게는 훌륭한 제자가 따르게 마련이지요. 유가의 맥이 그렇게 면면히 흘러 오늘에 이르렀습니다.

『논어』「선진」 11.2 편을 보겠습니다. 공자가 말년에 천하를 떠돌 때 곁을 지키던 제자 10명을 꼽습니다. 덕행엔 안연·민자건·염백우·중궁, 언어엔 재아·자공, 정사엔 염유·자로, 문학엔 자유·자하입니다. 덕행/언어/정치/문학을 합쳐 사과四科, 제자 10명을 십철十哲, 이렇게 '사과십철四科十哲'이란 말이 나왔습니다.

덕행, 언어, 정치, 문학이 무엇인지 퍼뜩 떠오르지 않을 수도 있습니다. 덕행은 인의 기본입니다. 안연을 사과십철 가운데 첫손가락에 꼽은 것만 봐도 알 수 있지 않습니까. 언어는 말 잘하는 것, 즉 정치적·외교적 능력이며, 정치는 나라를 다스리는 일입니다. 문학은 고전에 능통한, 그래서 학문에 두루 통하는 공부라고나 할까요. 공자가 강조한 이 네 가지 인문학 과목은 모두 정치 행위와 관련이 깊다는 점이 주목됩니다. 수기치인修己治人, 스스로를 닦아 현실 정치에 쓰임이 있게 하겠다는 공자 교육의 당면 목표를 확인할 수 있지요. 또 육예六藝, 예·악·사·어·서·수예의 · 음악 · 활쏘기 · 말타기 · 글쓰기 · 셈하기는 기본입니다.

이들이 어느 정도인지 한번 들여다볼까요. 『열자』 「중니」 편 내용을 소개합니다.

자하가 공자에게 묻습니다. "안연은 사람됨이 어떠합니까?" 공자께서 대답하시죠. "안연의 인은 나보다 나을걸." 이번엔 "자공의 사람됨은 어떠합니까?" 물었습니다. 공자의 대답은 이렇습니다. "자공의 입

담은 나보다 나을걸." 다시 자로의 사람됨을 묻습니다. 공자의 대답은 미뤄 짐작할 수 있겠지요. "자로의 사람됨은 나보다 나을걸." 자하의 질문이 이어집니다. "그렇다면 그 사람들은 어찌해서 스승님의 제자가 되었습니까?" 공자의 가르침은 이렇습니다. "안연은 인하지만 변동이 없고, 자공은 입담이 너무 좋아서 어눌함을 모르고, 자로는 용감하지만 겁이 없다네. 그들의 장점을 모두 합쳐 나와 바꾸자고 해도 어림도 없지. 이것이 그들이 나를 섬기는 이유일세."

인과 수기치인을 목표로 똘똘 뭉친 제자들, 제자들이 이를 완성하도록 끌어주려는 공자의 자세가 와닿는 것 같습니다.

사과십철 중에서도 안연은 덕행과 공자 수제자로서의 위치가 특별합니다. 공자가 진陳나라와 채蔡나라 사이에서 어려움을 겪을 때 이야기입니다. 굶주림에 생명의 위협까지 느끼는 상황이었으나 안연은 달랐습니다. 이레 동안 피죽도 못 먹다가 안연이 겨우 쌀을 구해 밥을 짓습니다. 그 귀한 밥을 안연이 한 숟가락 먼저 먹습니다. 공자가 살짝 노여워할 만하죠. 짐짓 모른 체하고 그 이유를 물었더니, 잿가루가 솥에 들어가 걷어 먹었다는 것입니다. 정성을 다하는 모습이 한결같은 이 사례는 『여씨춘추』에 나옵니다. 덕행의 끝판왕이죠.

안연이 공자보다 앞서 세상을 뜨니 공자는 "하늘이 나를 버리셨구나." 하며 대성통곡했습니다. 아들인 리鯉에 이어 수제자를 잃었습니다. 부자의 연이 끊어지는 아픔에 더해 사제의 연, 자신이 세운 유가의 맥이 끊어지는 것 같은 아픔이었을 것입니다.

"스승님의 도는 우러러볼수록 더욱 높고, 뚫을수록 더욱 견고하구나. … 차근차근 이끄시어 문文으로 나의 지식을 넓혀주시고, 예禮로 나의 행동을 요약해주셨다." 『논어』 「자한」 9.10 편에 나오는 안연의 말입니다. 스승의 날이면 부르는 〈스승의 은혜〉 첫 구절이 떠오르지 않나요.

자로는 공자보다 아홉 살 어린 제자입니다. 그가 등장하는 장면도 극적이고 퇴장하는 장면은 더 극적입니다. 자로는 말이나 행동이 단정하지 못하고 거친 주먹쟁이였습니다. 자로는 공자를 처음 만났을 때, '장검을 좋아한다.'고 뻐깁니다. 그런 자로가 공자에게 가르침을 달라며 사제의 예를 다하는 장면을 나카지마 아쓰시의 단편소설 「제자」에서 옮겨와 재구성해 보겠습니다. 이 장면은 『공자가어』에 실린 기록을 바탕으로 합니다.

공자를 처음 만난 자로가 말합니다. "남산의 대나무는 휘지 않고 스스로 곧으며, 잘라 이것을 사용하면 무소의 가죽도 뚫을 수 있다 들었다." 자로가 우락부락한 표정으로 덧붙입니다. "그렇다면 천성이 뛰어난 자에게 무슨 배움이 필요하겠는가." 그런 자로를 공자는 이렇게 타이릅니다. "자네가 말하는 남산의 대나무에 화살 깃을 붙이고 화살촉을 끼워 다듬는다면 단지 무소 가죽을 뚫는 것에만 그치겠는가." 이 말 한마디에 사랑스러운 순진한 젊은이, 자로는 반박할 말을 잊었습니다. 그다음 모습이 궁금하신가요. 자로는 얼굴을 붉히고 잠시 공자 앞에 우뚝 선 채 무언가 생각하는 모습이더니, 이내 머리를 숙이며 "삼가 가르침을 주옵소서."라고 했답니다.

남산의 대나무는 굳이 바르게 하려고 하지 않더라

도 곧게 잘 자라고, 그 대나무로 만든 화살이 무소 가죽을 뚫는다면 이는 자로가 자신이 타고난 자질이 그만큼 뛰어나다는 것을 자랑한 셈이지요. 그런데 공자는 그에 더해 다듬어야 한다는 가르침을 줬습니다. 바로 공부지요. 제대로 사람을 알고 사랑하는 공부 말입니다. 자로가 이를 깨달았으니 그 스승에 그 제자이지요.

그러나 자로는 그 성질을 이기지 못하고 여러 번 공자에게 대듭니다. 진나라와 채나라 사이에선 정색을 하고 "군자도 곤궁해질 때가 있습니까?" 하며 따지지요. 공자 대답이 이렇습니다. "군자가 곤궁해지면 굳게 버티지만 소인은 곤궁해지면 아무 짓이나 한다." '군자고궁君子固窮'이란 말이 여기서 나왔습니다.

공자가 자로를 인정하는 장면이 인상적입니다. "당에 올랐으나 방에 들어오진 못했다." 자로가 크고 밝은 경지에 올랐으나 안타깝게도 핵심엔 미치진 못했음을 표현한 말입니다. '이익을 보면 의를 생각하고, 위험을 보면 목숨을 내놓겠다.'던 자로는 그 말처럼 위나라 내전에서 장렬한 최후를 맞습니다.

공자가 죽은 뒤 제자들은 3년상을 치르고 떠났지만, 자공은 3년을 더 스승의 묘지를 지켰습니다. 공자가 천하를 떠돌 때, 노나라로 돌아와 제자들을 가르칠 때 자공이 경제적으로 뒷받침했습니다.

공자의 평가처럼 '천명을 받아들이지 않고 재화를 늘렸으나 예측이 자주 적중'한 자공이었습니다. 그래서 자공은 세상이 인정하는 큰 부자로 살았습니다. "자공이 네 마리가 끄는 마차를 거느리고 비단 꾸러미를 갖춰 제후들을 찾으니 제후들도 그에 걸맞은 예를 갖춰 대접했다. 공자가 이름을 천하에 떨친 것은 자공이 전후에서 주선한 덕분"이라고 사마천은 자공을 평가했습니다. 게다가 자공은 외교력이 뛰어났습니다. 그가 위기에 빠진 노나라를 구하고자 사신으로 나선 10년 사이 다섯 나라가 흥하고 망하는 변화가 있었다고 합니다.

그런 자공도 같은 제자로 누구보다 원칙을 지키려고 애쓴 원헌에게 무안을 당합니다. 재산을 은근히 자랑하다 '돈이 다가 아니다.'는 말을 들은 것입니다. 돈도 말솜씨도 사람 대하는 능력도 다 갖췄지만, 그게 오히려 화근이 될 수도 있지요. 공자가 자공에게

누누이 경계하라고 일렀던 그대로입니다. 하지만 공자학단을 오늘에 이르게 하고 공자의 말씀을 정리한 『논어』가 존재하게 된 공로자 역할만큼은 자공의 몫입니다.

가지 많은 나무 바람 잘 날 없다 하지요. 마음에 들지 않는 행동을 하는 제자도 있었지요. 그땐 정신이 번쩍 들도록 야단을 칩니다. 낮잠을 자던 재아에게 "썩은 나무는 조각할 수 없고, 거름흙으로 쌓은 담장은 흙손질할 수가 없다."거나, 염유가 권력자에게 빌붙어 백성에게서 세금 뜯어내는 일에 매달리자 "내 제자가 아니다."라고 선언한 것이 그 예입니다.

이처럼 한없는 부드러움과 추상같은 엄격함이 공존하는 공자학단이었습니다. 그렇게 보통 교육, 맞춤형 교육, 토론식 교육의 싹이 텄습니다. 사람이 중심인 사회, 갈등과 차별 없는 대동사회가 지향점입니다. 교육의 모습은 시대마다 다를 수 있습니다. 현실에 갇히지 말고 너른 시야로 바른길을 찾아봅시다.

◢║▌▐━ 영국 얼터너티브 록밴드 콜드플레이의 <낙원 (Paradise)> (QR코드 스캔 또는 인터넷 주소 https://youtu.be/1G4isv_ Fylg)을 함께 감상하겠습니다. 공자와 제자들이 만들려고 했던 대동사회나 서구사회의 지향점인 낙원이 둘은 아니 겠지요.

⫸⎯ "그렇다면 천성이 뛰어난 자에게 무슨 배움이 필요하겠는가?" 그런 자로에게 공자는 이렇게 타이릅니다. "자네가 말하는 남산의 대나무에 화살 깃을 붙이고 화살촉을 끼워 다듬는다면 단지 무소 가죽을 뚫는 것에만 그치겠는가."

진정한 삶의
주체자가 되려고
애쓴 사람

불가이위지자 不可而爲之者

10

독일의 실존주의 철학자 칼 야스퍼스는 1957년 『위대한 철학자들』을 집필하면서 서양철학을 대표하는 소크라테스, 플라톤 등과 함께 동양철학을 대표하는 공자와 노자를 다루었습니다. 서양과 전혀 다른 공간에서 활동한 공자에 대해 어떻게 평가했을까요? 칼 야스퍼스는 "공자 삶의 원동력은 권력욕이 아니라 진정한 삶의 주체자가 되려는 의지"라고 했습니다. 『논어』「헌문」14.41 편에는 공자를 가리켜 "불가능한 줄 알면서도 하려고 하는 사람", 즉 지기불가이위지자知其不可而爲之者라고 표현한 구절이 나옵니다.

공자가 살던 춘추시대는 주나라가 만든 봉건제가 무너지며 제후들이 각자도생을 추구했습니다. 각자도생은 피 튀기는 생존경쟁, 약육강식의 다른 이름입니다. 그 이면엔 철이라는 새로운 문명의 시작을 알리는 금속이 등장합니다. 청동기 대신 철기를 널리 사용하면서 생산력이 높아졌지요. 똑같은 땅에서 농사를 짓더라도 철기를 사용하는 쪽의 생산력이 월등했습니다. 이를 독점하려는 다툼은 정치철학자 토머스 홉스의 지적처럼 인간이 인간에게 늑대가 되는 일입니다. '부국강병'으로 이를 합리화하려는 시대에 공자는 인치仁治라는 새로운 깃발을 세웠습니다. 불가능한 줄 알면서도 하려고 나섰던 것입니다.

공자는 이상주의자이면서도 철저히 현실주의자였습니다. 그는 실패할지언정 현실을 고쳐보려고 노력했고, 더불어 사는 세상을 추구했습니다. 그 반대편에 현실에서 한발짝 비껴난 사람들이 있었습니다. 이들이 딴지를 거는 또 다른 장면이 『논어』 「미자」 18.6 편에 나옵니다. 등장인물은 숨어 사는 현인 장저와 걸닉, 그리고 이들의 시니컬한 태도를 견디는 자로와 결연한 의지를 드러내는 공자. 여기서 사람을 피하는 사람인 피인지사辟人之士로 사느냐, 세상을 피하는 사람인 피세지사辟世之士로 사느냐라는 두 세계관이 충돌합니다.

장저와 걸닉이 보기에 공자는 자신을 알아주는 사람이 아니면 결코 곁을 허락하지 않는 피인지사입니다. 반면 자신들은 어지러운 세상과 담 쌓은 피세지사를 자처합니다. 정치의 바탕이 무너져 신하가 왕을 우습게 여기고 힘 없는 사람은 사람 대접을 못 받는 세상이라면 차라리 숨어 살자는 주장과 그런 세상을 더불어 살 만한 곳으로 만들자는 주장이 날카롭게 대립합니다.

공자의 생각은 확고합니다. "새나 짐승과는 함께 무리지어 살 수 없으니, 내가 사람과 같이 어울리지 않고 누구와 살겠는가." 이것이 '상갓집 개'라는 비아냥거림에도 꿋꿋하게 지키려 했던 공자의 뜻이었습니다. 하지만 세상은 점점 공자의 뜻과 반대 방향으로 흘러갔습니다. 그런 아쉬움을 공자는 이렇게 표현했습니다. "사람에게 인은 그 절실함이 물이나 불보다 더하다. 나는 물에 빠지고 불에 뛰어들어 죽은 사람을 본 적은 있으나 인을 실천하다가 죽은 사람은 아직 보지 못했다."『논어』「위령공」15.34

공자가 그 까닭을 정확하게 짚어냅니다. "도가 행해지지 못하는 이유를 내가 알겠으니, 지혜로운 자는 지나치고 어리석은 자는 미치지 못하기 때문이다. 도가 밝아지지 못하는 이유를 내가 알겠으니, 현명한 자는 지나치고 못난 자는 미치지 못하기 때문이다."『중용』4.1

좌절과 실패로 점철된 공자의 인생길은 흙길이었

습니다. 하지만 2,500년을 지나온 지금 생각해보면 그 흙길이 오늘의 공자를 만든 꽃길이 아니었느냐고 되묻게 됩니다. 온전하게 '불가능한 줄 알면서도 하려는' 외길을 걸었기 때문이지요.

21세기 대한민국에서 꽃길로 만들어야 할 흙길은 무엇일까요. 어린이와 노인에게 꿈과 휴식을 주고, 남자와 여자가 서로 편안하고, 소득 양극화를 해소하고, 남과 북이 서로 화합하고, 기후변화 등 지구적 현안을 함께 고민하고…. 희망의 흙을 한 줌씩 더하는 건 우리의 몫입니다.

◁║▯━━ 차분하게 스스로 내면을 들여다보듯, 에스토니아 출신 작곡가인 아르보 패르트의 <거울 속의 거울 (Spiegel im Spiegel)>(QR코드 스캔 또는 인터넷 주소 https://youtu.be/TJ6Mzvh3XCc)을 들어보겠습니다.

⊣∣∣∣⊢— "새나 짐승과는 함께 무리지어 살 수 없으니, 내가 사람과 같이 어울리지 않고 누구와 살겠는가."

스승에게도
양보하지 마라

당인불양어사 當仁不讓於師

11

스승은 제자에게 "부지런하고 부지런하고 부지런하라."고 가르칩니다. 제자는 그 스승이 "복사뼈에 세 번이나 구멍이 나도록 공부하고 공부하고 공부했다."고 증언합니다. 삼근계三勤戒와 과골삼천踝骨三穿, 조선시대를 대표하는 실학자 다산 정약용1762~1836과 애제자 황상1788~1870의 이야기는 오늘 우리에게 묻습니다. 당신은 스승을 가졌는가?

다산과 황상은 1802년 10월 처음 만납니다. 다산이 강진으로 유배된 이듬해로, 황상의 나이는 15세였습니다. 황상이 다산에게 묻습니다. "저처럼 아둔하고, 꽉 막히고, 융통성 없는 사람도 정말 공부할 수 있나요?" 다산이 다독입니다. "둔하다고 했느냐, 성심을 다하면 큰 구멍이 어느 순간 뻥 뚫리는 법이다. 막혔다고 했느냐, 막혔다가 툭 터지면 봇물이 터진 듯하겠지. 융통성이 없다고 했느냐, 부지런히 연마하면 반짝반짝 빛나게 되느니라."

황상은 다산과 만나고, 다산의 가르침을 실천하면서 추사 김정희가 인정하는 문인으로 거듭납니다. 열 개의 벼루에 구멍이 나도록 먹을 갈고 천 자루의 붓이 닳도록 글씨를 써서 추사체를 만들었다는 그 추사가 인정했다면 황상의 인물됨을 짐작할 수 있지 않겠습니까. 황상이 다산을 만나지 않았다면, 다산의 가르침을 귓등으로 흘렸다면 우리는 지금 황상이라는 이름을 기억하지 못하겠지요.

황상은 다산을 처음 만난 주막집 뒷방 사의제四宜齊에서, 다산초당에서, 그리고 평생 자신 삶에서 스승의 가르침을 실천합니다. 그후 강진에서 아전이라는 낮은 벼슬살이를 하던 아버지를 둔 시골 청년 황상의 인생이 바뀝니다. 다산은 유배생활 중에 학문에 정진하여 '다산학'을 이룹니다.

"몸으로 가르치시고 말씀으로 이르시던 그 가르침이 60년이 지난 오늘까지도 어제 일처럼 눈에 또렷하고 귓가에 쟁쟁합니다." 말년의 황상이 다산을 이렇게 회고합니다. 이처럼 간절한 마음은 한양대 정민 교수가 『삶을 바꾼 만남』에서 표현한 '맛난 만남' 그대로입니다. 아름다운 스승과 제자의 인연입니다.

공자 이래 2,500년 동안 이어져온 스승과 제자 만남의 조선판 변주라고 할 수 있습니다. 스승이 있느냐, 없느냐는 행복과 불행을 가르는 기준이 될 수 있습니다. 그리고 사제지간의 지향점은 청출어람靑出

於藍, 즉 '스승보다 나은 제자 되기'입니다. 무슨 케케묵은 소리냐고요? 100세 시대, 평생학습시대입니다. '당신은 스승을 가졌는가'란 질문이 더 절실해지는 이유입니다.

『논어』「위령공」15.35 편은 참으로 당당한 스승과 제자 간의 태도를 그리고 있습니다. 공자는 "인에 맞닥뜨려 실천할 때에는 스승에게도 양보하지 아니해야 하느니라."라고 말합니다. 『논어집주』에서 주자는 공자의 말을 "인으로 자기 임무를 삼았으니 마땅히 용맹스럽게 나서서 반드시 행한다."라고 풀었습니다. 인이 스스로 소유하고 행하는 것이니 다툴 게 있겠느냐는 뜻을 담았다는 이야기입니다. '인'이 무엇이냐는 질문에 사람을 사랑하는 것 愛人이라고도 하고, 스스로를 이기고 예로 돌아간다는 극기복례 克己復禮라고도 하며 상대에 따라 알아듣게 가르친 공자였습니다. 제자의 눈높이에 따라, 환경에 따라 얼마든지 강약을 조절하지만 인이라는 기준을 세우고 실천하는 것에는 엄격한 공자학단 분위기를 엿볼 수 있습니다.

스승은 소중하고도 어려운 존재입니다. 제자의 정

신을 깨우쳐 새로운 삶을 열어주는 고마운 분이지요. 군사부일체君師父一體라는 말이 왜 나왔겠습니까. 주자의 설명입니다. "아버지는 낳아주시고, 스승은 가르쳐주시고, 군주는 먹여주시니, 아버지가 아니면 세상에 나오지 못하고, 먹여주지 않으면 자라지 못하고, 가르쳐주지 않으면 알지 못하니 한결같이 섬겨야 하느니라." 주자는 춘추시대 역사서인 『국어』에서 이 설명을 끌어왔습니다.

이를 몸소 보인 안연의 예가 눈물겹습니다. 공자가 천하를 떠돌던 과정에서 죽을 고비를 겪던 때 일입니다. 수제자 안연이 뒤처져 생사를 걱정했는데, 다행히 나중에 나타났습니다. 스승이 얼마나 속을 끓였을지 짐작했는지 못했는지 알 길이 없으나 안연의 말이 걸작입니다. "스승님께서 살아 계시는데 어찌 감히 먼저 죽겠습니까."『논어』「선진」 11.22 이것은 스승 공자를 전적으로 믿고 따르는 안연의 진심이 묻어나는 표현입니다.

나를 낳아주신 부모를 선택할 수 있습니까. 국가도 선택이 쉽지 않은 문제입니다. 그러나 좋은 스승을 만나는 건 의지가 중요합니다. 그리고 제자라면 마땅히 그 스승보다 나은 사람이 되고자 노력해야겠지요. 효자가 그 아버지보다 나은 사람이듯이. 불천노불이과不遷怒不貳過, 다른 사람에게 화풀이를 하지 않고, 같은 실수를 되풀이하지 않으려 애쓴 안연처럼 말입니다. 이는 "내가 스승에 미치지 못함은 사다리를 놓아도 하늘에 오르지 못함과 같다."며 공자학단의 계승 발전에 힘을 쏟은 자공의 말과도 맥을 같이 합니다.

결국 공자를 넘어서는 학문과 덕행의 실천, 청출어람이 진정한 사제 관계의 완성이 되겠지요. 그 다짐을 이 문장에 담아봅니다. "학문은 그쳐서는 안 된다. 푸른색은 쪽에서 취했지만 쪽빛보다 더 푸르고, 얼음은 물이 이루었지만 물보다 더 차다."『순자』「권학」

━╫╫━ 미국의 전설적인 재즈 피아니스트인 빌 에반스의 <우린 다시 만날 거야(We will Meet again)>(QR코드 스캔 또는 인터넷 주소 https://youtu.be/tgltKizovjg)를 듣겠습니다. 빌 에반스가 그의 형을 기리며 만든 곡입니다. 그 간절함에 담아 스스로에게 묻습니다, 가슴에 어떤 스승이 있는지.

'사이비'를
골라낼 줄 아는 능력

향원덕지적 鄕原德之賊

12

벼든 보리든 튼실한 알곡은 풍요의 상징이자 농부의 자부심이지요. 그런데 농사를 짓다 보면 불청객이 생기게 마련입니다. 알맹이 없는 '쭉정이'는 농부의 마음을 아프게 합니다.

'가라지'는 더 심합니다. 논에선 볏과의 한해살이풀인 '피'가 가라지겠지요. 벼 같으면서 벼가 아닌 피가 벼의 성장을 방해하는 탓입니다. 비슷한데似, 그러나而, 아닌非, 사이비似而非는 농사를 망치는 원인이지요.

사이비가 비단 농사에만 문제겠습니까. '피 다 잡은 논 없고 도둑 다 잡은 나라 없다.'는 속담이 있습니다. 논에서 자라는 피를 아무리 뽑아내도 한없이 나오듯이 도둑도 끝없이 생겨난다는 말입니다. 서푼짜리 물건 훔치는 사람만 도둑일까요. 여성을 못살게 굴고, 음식 가지고 장난치고, 세금 축내고, 한 줌도 안 되는 권세로 제 세상인 양 뭇사람 위에 군림하려는 이들 모두 도둑입니다. 세상이 더 맑아지고, 더 살 만해지려면 이런 도둑, 사이비를 가려내는 일이 그만큼 중요합니다.

'사이비'는 『맹자』에 나옵니다. 맹자가 제자인 만

장에게 공자의 가르침을 설명하는 대목입니다. 공자가 콕 집어 미워한 사람이 향원鄕原입니다. 향원은 '마을에서 신실하다고 인정받는 사람'으로 그 자체로는 나쁜 뜻이 없으나, 공자가 위선적인 인물로 지칭하면서 부정적 의미를 갖게 됐다고 합니다. 사이비 군자, 지금으로 치면 사이비 지식인이나 사이비 정치인이겠지요. 선거 때면 코가 땅에 닿도록 절을 하다가 당선되면 온몸이 뻣뻣해지는 국회의원이나 지방자치단체장이라면 명심해야 할 것입니다. 특히 제21대 국회의원 300명 중 151명이 초선이라죠. 모든 의원이 마찬가지겠지만, 초선 151명 가운데 한 명도 '사이비 정치인'으로 전락하지 않기를 바랍니다.

　향원에 대한 공자의 평가는 단호합니다. "향원은 덕의 적德之賊·덕지적, 파괴자이니라."『논어』「양화」 17.13 인을 주창한 공자가 적이라 규정한 향원은 어떤 존재일까요? 이에 대해 주자는 "덕과 비슷하나 덕이 아니다. 오히려 덕을 어지럽게 하니 덕의 적이 된다. 그래서 깊이 미워하신다."라고 설명합니다. 알쏭달쏭합니다. 『맹자』에 명쾌한 답이 있습니다. 향원은 평소 진실하면서 신의가 있는 듯하고 청렴결백한 것

같아서 사람들이 다 그를 좋아하지만, 실제로는 사이비 진실, 사이비 신의, 사이비 청렴, 사이비 결백일 뿐이라는 것입니다.

그리고 공자의 말씀을 덧붙입니다. "비난하려 해도 들추어낼 것이 없으며, 풍자하려 해도 풍자할 것이 없으며, 세상에 영합하여 바른 것과 비슷하지만, 사실은 그렇지 않은 사이비를 미워한다. 가라지를 미워함은 그것이 곡식을 어지럽힐까 염려해서이고, 궤변을 미워함은 그것이 의義를 어지럽힐까 염려해서이고, 말 잘하는 자를 미워함은 그것이 신信을 어지럽힐까 염려해서이고, 정나라 음악을 미워함은 그것이 아악을 어지럽힐까 염려해서이고, 자주색을 미워함은 그것이 붉은색을 어지럽힐까 염려해서이고, 향원을 미워함은 그것이 덕을 어지럽힐까 염려해서이다."

덕은 인간으로서 품위를 잃지 않는 인격의 원천이지요. 위선을 일삼고 세상에 아첨하는 향원과 달리, 덕을 실천하는 사람은 도덕적으로 완성된 인격자, 즉 군자君子입니다. 공자가 "성인은 아직 보지 못했으나 군자만이라도 만나봤으면 좋겠다."던 그 군자죠. 우선 선출직 공직자들이, 그리고 지식인이라고 명함을 내미는 사람들이 그런 사람이 되고자 노력한다면 얼마나 좋을까요.

마지막으로 이런 질문을 던져봅니다. "권력을 가진 사람이 진정 걱정할 것은 무엇일까요?"

『논어』「계씨」16.1 편에서 공자는 이렇게 제시합니다. "적음을 근심하지 않고 고르지 못함을 근심하며 不患寡而患不均·불환과이환불균, 가난을 근심하지 말고 안정되지 못함을 근심하라 不患貧而患不安·불환빈이환불안." 노나라의 실권을 장악한 계손씨 일족이 이웃한 작은 땅, 전유를 삼키려고 했을 때 공자는 그 속내를 정확하게 짚으며 권력자가 살펴야 할 세 가지 요소를 강조합니다. 고른 분배인 균均, 이를 통한 조화인 화和, 그리고 분배와 조화로 이뤄지는 평화로움인 안安입니다.

지금 우리 사회의 가장 큰 화두인 부와 교육의 불평등 및 양극화 해소를 위해 추구해야 할 방향이 아니겠습니까. 향원 같은 사이비 정치인은 할 수 없는 일입니다. 이는 대한민국 임시정부의 문지기가 되겠노라고 다짐했던 백범 김구 선생도 강조했던 바입니다. '정치·경제·교육의 균등'을 위해 백범은 보잘것없고 힘든 일을 서로 다투어서 하는 '쟁족爭足'에 방점을 찍었습니다. 그리고 실천지침으로 다산 정약용이 남긴 '육렴六廉'의 의미를 다시 확인합니다. 다산의 『목민심서』 내용을 두 글자로 압축한 공정과 청렴, 공렴公廉은 목민관으로서 자세를 다잡는 기둥입니다. 그것은 재물과 여색 그리고 직위에 청렴하며 투명한 공직생활과 공직자로서의 위엄, 강직한 성품을 요구합니다.

〰〰— 사연만큼이나 여운이 긴 노래를 소개합니다. 1930년대 쿠바 여성 가수가 옛사랑을 회상하는 내용의 작품을 만듭니다. 이를 쿠바의 재즈 그룹 부에나비스타 소셜클럽이 리메이크했고, 여기에선 10대 남매가 부릅니다. 아이작과 노라의 <중독된 사랑(Veinte años)>(QR 코드 스캔 또는 인터넷 주소 https://youtu.be/oDEu39FLYpw)이 주는 청량감이 남다릅니다.

알뜰하게 묻고
가까운 것부터
생각한다

절문이근사 切問而近思

13

갈등과 차별 없이 모두 더불어 잘 사는 세상을 위해선 과거에서 미래를 여는 자양분을 더 많이 끌어와야 합니다. 공자가 그렇게 미워했다는 향원鄕原의 정반대인 군자君子를 소환하는 까닭이지요.

21세기형 향원이 사이비 정치인과 지식인이라면 21세기형 군자는 사람을 바로 보고 세상을 바로 보는, 그래서 대동사회라는 오래된 미래를 함께 만들어갈 인물입니다. 그 어깨에 짊어진 짐이 비록 무겁지만 멋과 여유, 풍류를 아는 인물입니다.

유가에서는 도와 덕에 뜻을 둔 이를 군자라고 하지요. "군자는 의리에 밝고, 소인은 이익에 밝다."는 공자의 지적처럼 군자는 소인과 대비되면서 그 모습이 뚜렷해집니다. 자기의 이익을 앞세우는 소인과 달리 국가와 사회의 공리를 우선하는 도덕적인 인물이라는 의미겠지요. 공자는 춘추시대 약육강식의 경쟁논리 대신 인치를 실현할 새로운 지도층으로 군자를 내세웠습니다.

군자는 우선 배워서 깨친 사람이어야 합니다. 『논어』의 첫 장은 배움으로 시작되지요. 배움은 사람이 되고, 군자가 되는 길입니다. 배우고 익히니 기쁘고,

남이 알아주지 않더라도 성내지 않으며 군자가 되어 갑니다. 배움에 바탕한 수기와 치인은 동전의 양면처럼 군자의 삶을 관통하는 화두입니다.

　군자의 수양법은 공자 제자인 자하가 잘 설명했습니다. "널리 배우고 뜻을 독실하게 하며, 알뜰하게 묻고 자기에게서 가까운 것부터 생각한다면 인이 바로 그 가운데 있을 것이다." 박학博學·독지篤志·절문切問 근사近思 네 가지입니다. 배우는 이유는 깨치기 위함입니다. 그렇게 쌓은 지식은 수기와 치인을 위해 아낌없이 사용해야지요. 그것이 지식과 실천이 동반하는 지행일치입니다.

　자하가 『논어』「자장」19.6 편에서 밝힌 이 설명은 중국을 대표하는 명문 대학 가운데 하나인 상하이 푸단대학의 교훈으로 오늘에 이어지고 있습니다. 박학, 독지, 절문, 근사가 『중용』에선 학문사변學問思辨, 즉 배우고 묻고 생각하고 분별하며, 나아가 실천하는 다섯 가지로 변주됩니다. 널리 배우는 박학博學, 자세히 묻는 심문審問, 신중하게 생각하는 신사愼思, 명확하게 분별하는 명변明辨, 독실하게 실천하는 독행篤行입니다. 이를 위해 딱 어울리는 실천 지침은 바로 이것입니다. "남이 한 번에 능하거든 나는 백 번을 해야 하며, 남이 열 번에 능하거든 나는 천 번을 해야 한다."

그렇다면 군자가 되려는 목적은 무엇일까요. 『논어』 마지막 편인 「요왈」20.3 편에 그 답이 있습니다. 명을 알고, 예를 알고, 말을 아는 것이지요. 그래야 군자가 되어서 바로 서고 사람을 알 수 있습니다.

지명知命은 하늘의 명을 좇아 바른 삶을 살아간다는 뜻이지요. 지례知禮는 위아래를 분별하고 의심나는 것을 명확하게 함이니 예를 알지 못하면 보고 듣고 말하고 움직일 수 없고, 당연히 설 수 없겠지요. 지언知言은 그 말하는 사람을 아는 것과 같습니다. 이에 더해 사람을 안다는 것은 그 사람의 마음을 안다, 즉 마음의 사사로움과 바름을 안다는 이야기입니다. 명과 예와 말을 알아야 진정한 군자라는 건 공자가 바로 그런 군자와 함께 예와 악이 조화로운 대동사회에서 살고 싶다는 의지라고 할 수 있습니다.

군자가 되는 방법을 체득하고 군자가 되려는 목

적에 충실한 21세기형 군자가 지금 할 일은 명확합니다. 현실 참여가 기본이라면 도덕적으로 정의로운 사회를 만드는 책무를 다해야겠지요. 군자는 이름을 걸고 일할 때는 직언을 할 줄 알고, 그렇지 않을 때는 조용히 세상을 관조하는 여유를 가집니다. 당연히 사사로운 욕망을 버리고, 말보다 행동이 우선이지요. 남을 이기려 들지 않고 남보다 몸을 낮추고, 남을 원망하기 앞서 배려하는 자세를 보입니다. 제 몫을 다하지 못하면서 공직을 부여잡고 세금을 축내는 일도 당연히 없어야 합니다.

이처럼 『논어』는 배움에서 시작해 사람을 아는 일로 마무리됩니다. 스스로를 닦아 사람을, 세상을 제대로 보는 군자가 많아져야 합니다. 향원 같은 사이비가 아니라 군자가 깃발을 들고 더 좋은 세상을 만들어가는 사회가 우리의 희망사항입니다.

⫻⫼── 국악인 정대석의 거문고 산조(QR코드 또는 인터넷 주소 https://youtu.be/GyBRtopeozc)를 감상하겠습니다. 공자가 평생 함께한 악기가 거문고라고 하지요. 거문고 산조는

거문고의 묘미를 느끼기에 그만입니다. 『논어』에서 언급
된 '군자'를 지도자, 정치인, 지식인으로 바꿔 그 의미를
새겨봅시다.

의롭지 않은 '부'가 행복일까,
정신의 가난함을 경계하라

빈이무첨 貧而無諂

14

우리나라 대통령의 재산은 얼마일까요. 재산이 가장 많은 고위공직자는 누구이며 규모는 어느 정도일까요. 가장 재산이 많은 국회의원도 빼놓을 수 없지요. 문재인 대통령의 재산은 20억 7,700만 원으로 전년에 비해 1억 2,800만 원 늘었습니다. 정부 고위공직자 중에선 165억 3,100만 원을 신고한 김종갑 한국전력 사장이 재산 총액 1위였습니다. 최고 자산가 국회의원은 전봉민 무소속 의원으로 914억 2,087만 원을 신고했습니다. 모두 2020년 12월 31일 기준으로 정부 및 국회 공직자윤리위원회가 밝힌 2021년 정기재산변동사항 신고내역입니다.

이 자료에 따르면 정부 고위공직자 1,885명이 2020년 말 기준으로 본인과 가족 명의로 신고한 재산은 1인당 평균 14억 1,297만 원이었습니다. 신고자 가운데 79.4%인 1,049명은 재산이 늘었습니다. 국회의원은 1년 전보다 재산이 늘어난 비율이 이보다 높아 82.9%에 이릅니다.

이와는 결이 다른 통계를 하나 소개하겠습니다. '코로나 1년 자영업 실태조사 결과'입니다. 전국자영업자단체협의회 등 11개 단체가 모여 결성한 코로나

19 대응 전국자영업자비상대책위원회가 만들었습니다. 전국 자영업자 3,148명에게 설문조사를 했고 이 가운데 1,545명이 답변했습니다. 전체 응답자의 95.6%가 코로나19 발생 전인 2020년 1월 20일 이전보다 매출이 줄었다고 응답했습니다. 또 81.4%는 부채가 증가했다고 응답했고, 평균 부채 증가액은 5,132만 원이었습니다. 우리나라는 자영업자의 비중이 다른 선진국에 비해 유달리 높습니다. 지난해 코로나19 여파로 전국 자영업자들이 얼마나 힘겹게 버티고 있는지 잘 보여주는 자료입니다.

코로나19 사태로 인한 경제위기를 고려하면 눈에 띄는 숫자가 아닐 수 없습니다. 고위공직자나 국회의원의 재산 규모만 가지고 이렇다 저렇다 할 수 없습니다. 자영업자들의 사정이 안 좋지만 그렇다고 무작정 도와줄 수도 없는 노릇입니다. 중요한 건 사회가 지향해야 할 방향입니다. 경제의 불균형을 바로잡아야 지속가능한 성장을 기대할 수 있습니다.

두 가지 자료를 보니 '돈이 없으면 적막강산이요, 돈이 있으면 금수강산'이라는 속담이 떠오릅니다. 경제적으로 넉넉해야 삶을 즐길 수 있다는 말이지요. 그 속내는 자못 심각합니다. 가난 구제는 나라도 못한다고 했지만, 세상이 바뀌었습니다. 빈부의 격차, 그보다 더한 귀천의 불평등을 해결할 방법을 찾아야 합니다. 특히 코로나19 사태라는 한 번도 겪어보지 못한 긴 터널을 지나가고 있는 요즘입니다. 코로나19 위기를 극복한 긍정적인 메시지를 확인할 수 있도록 한 사람 한 사람의 인식이 바뀌고, 정부 정책이 한 단계씩 나아져야 합니다.

우린 정말 열심히 앞만 보고 달려왔지요. 이제 물질과 정신의 조화를 다시 생각합니다. 코로나19 사태는 중요한 변곡점임이 분명합니다. '부귀빈천富貴貧賤'을 이야기하는 이유입니다.

사람이 가장 좋아하는 것은 돈이며, 되고 싶은 것은 부자라지요. '부'는 재물과 돈이 많음을 이르고, '귀'는 권력이 있는 지위를 말합니다. '빈'과 '천'은 그 반대입니다. 부·귀·빈·천이 순서대로 자리잡은 건 인지상정일까요.

제자인 자공이 공자에게 묻습니다. "가난해도 아첨함이 없으며貧而無諂 · 빈이무첨 부유해도 교만함이 없

다면 富而無驕·부이무교 어떠합니까."『논어』「학이」1.15

자공은 말솜씨와 사업 수완이 당대 최고였습니다. 말솜씨는 전쟁을 일으키고 그치게 하는 수준이었습니다. 특히 사업 수완은 공자가 인정할 만큼 뛰어났습니다. 그런 자공이 부유하면서도 스스로를 지켜내며 아첨과 교만을 극복한 모습을 스승에게 내보였습니다. 하지만 공자가 보기엔 아직 흡족하지 않았습니다. "괜찮긴 하지만 가난하면서 도를 즐기고 부유하면서 예를 좋아하는 사람만 같지 못하니라."

도가 천지자연의 이치 및 그 작용이라면 예는 사회질서와 규칙입니다. 부를 부정하진 않지만 그렇다고 가난을 자랑하지도 않는다는 취지로 풀이됩니다. 가난해도 아첨하지 않고 부유해도 교만하지 않는 것은 자공이 노력하면 이룰 수 있는 일이지만, 가난하면서도 도를 즐기고, 부유하면서도 예를 좋아하는 건 노력 그 이상의 의미겠지요.

공자의 가르침이 이어집니다. "부와 귀는 사람이 바라는 바이나, 정상적인 방법으로 얻지 않았다면 누리지 않아야 하느니라. 빈과 천은 사람이 싫어하는 바이나, 정상적인 방법으로 얻지 않았다 하더라도 버리지 말아야 하느니라. 군자가 인을 저버린 다면, 무엇으로 군자라는 이름을 완성할 수 있겠는 가."『논어』「이인」 4.5 말과 행동이 같으면 군자, 다르면 사이비 군자인 향원이라 했지요. 이를 판가름하는 기준이 '인'이자 '의'입니다. 특히 군자라는 이름을 완성한다는 건 바로 인의지도의 명분을 바로 세우는 일이지요.

재물과 권력은 누구나 바라지만, 정상적인 방법이 아니라면 뜬구름과 같다는 것이 공자의 결론입니다. "거친 밥을 먹고 물을 마시며, 팔베개를 하고 누워도 즐거움이 또한 그 가운데 있으니, 의롭지 못한 부귀 는 나에게 뜬구름과 같다."『논어』「술이」 7.15 이익이 되 는 일에 앞서 먼저 의로움을 생각한다는 공자의 견 리사의見利思義 가르침은 오늘날에도 유효합니다.

2,500년 전, 찬란한 인류의 정신문명이 빛을 발 했지요. 공자를 비롯한 사대성인공자, 석가모니, 예수, 소 크라테스은 사람과 자연이 조화를 이루는 방법을 나 름대로 설명했습니다. 분명한 건 정신문명의 개화 가 풍부한 재화 및 물질을 바탕으로 이뤄졌다는 점 입니다. 문명 개화의 바탕엔 이를 꽃피울 생산력 증

가가 있었다는 말입니다. 하지만 한 치 혀가 사람을 살리기도 하고 죽이기도 하듯이, 물질만능이 사람을 살리기도 하고 죽이기도 함을 잘 알고 있습니다. 여기엔 한계 없이 팽창하는 인간의 욕망도 한몫을 했지요.

불평등과 양극화, 그리고 자연파괴는 인류가 해결해야 할 지구적 문제가 됐습니다. 이제 조화와 균형이 필요한 때이며, 물질과 정신의 대립적인 구조에서 벗어나 진정한 행복이란 무엇인지 찾아야겠습니다.

그런 점에서 공자가 주창한 인과 의, 사람을 사랑하라는 깃발의 중요성이 새삼스럽습니다. 일상의 행동양식으로 하루라도, 한 순간이라도 떠나선 안 되는 명제입니다. 군자의 근본이 되는 수신이기도 합니다. 공자가 왜 거상이 된 자공과 함께 끼니 챙기기도 버거운 안연을 양 날개로 하여 공자학단을 꾸려 갔는지 생각하면 그 답이 나오지 않을까요.

『서경』 구절을 곱씹어봅니다. "사람의 마음은 위태롭고 도의 마음天命은 겉으로 드러나지 않고 바탕으로 흐르니 인심은 정교하고 세밀하게 다듬어 줄여가고, 도심은 한결같이 늘여서 진실로 그 중용을 굳게 잡아야 하느니라."

◁▤▤▤▤— 소리꾼 김나니의 판소리 <심청가> 가운데 심봉사 눈뜨는 대목(QR코드 또는 인터넷주소 https://youtu.be/yPc0bqK-lLk)을 함께 들어보겠습니다. 심봉사가 눈을 뜨듯 부귀빈천에 대해 다시 생각하고 일상에서 이를 다스리는 안목을 키웁시다.

정치, 사람이자 사랑

중정지도 中正之道

15

"정치 하면 제일 먼저 무엇이 떠오릅니까?" "대통령!", "국회!", "힘!", "책임!", "싸움박질!", "대화와 타협!", "선거와 민주주의!", "지방자치!"…

한 대학교수가 소개한 강의실 풍경입니다. 신입생에게 교양과목으로 정치학을 가르치는 이 교수는 첫 수업을 이런 질문과 대답으로 시작합니다. 그리고 한 학기 내내 속뜻을 찾고 확인해야 할 '가치의 권위적 배분'이나 '수기치인' 같은 정치의 여러 정의를 슬쩍 내비칩니다.

가치의 권위적 배분은 미국 정치학자 데이비드 이스턴이 정의한 정치의 개념입니다. 권력이나 돈 등은 누구나 갖고 싶어 하죠. 이런 가치는 잘 나눠져야 아무도 불만을 터트리지 않겠지만 말처럼 쉬운 일이 아닙니다. 그런 가치를 잘 나눠주는 역할이 바로 정치입니다. 이를 딱딱한 정치학 용어로 정의한 것이 '사회적 가치들이 권위적으로 배분되는 과정'입니다. 자기를 닦고 남을 다스린다는 수기치인은 유가 정치론의 핵심이지요. 학생들이 알쏭달쏭하다는 표정을 지을 때 일상생활에서 경험할 만한 예를 들어 설명을 덧붙이죠. "정치는 남 이야기가 아니라 바로 우리 생활입니다. 삶의 여건을 바꾸기도 하지요. 두 눈 부릅뜨고 지켜보며 적극적으로 참여해야 제대로 돌아가는 게 정치입니다."

이 교수가 수업을 이처럼 진행하는 이유는 신입생 스스로 '정치란 무엇인가'를 물으며 답을 찾게 하려는 데 있다고 합니다.

여러분 생각은 어떻습니까.

문재인 정부의 부동산 정책을 두고 논란이 많습니다. 부동산 투기를 뿌리뽑겠다며 고강도 대책을 쏟아냈지만 제대로 효과를 보지 못한 게 사실입니다. 민심이 요동칩니다. 부동산 가격과 세금 부담 증가로 가뜩이나 폭발하려는 시점에 한국토지주택공사 직원들이 내부 정보를 이용해 신도시 예정지에서 투기를 했다는 소식이 알려지면서 기름을 끼얹은 꼴이 되었습니다. 규제 위주 부동산 정책에 한 번 실망하고, 공직자들의 위선적 투기에 두 번 분노하는 것입니다. 적어도 부동산 정책에서는 무능과 위선이란 지적에서 자유롭지 못한 것이 현실입니다. 그 밑바탕엔 불공정과 부정에 대한 분노가 깔려 있습니다. 정부는 바뀌었지만 공정하지 못한 상태가 왜 지속되며, 어째서 이를 바로잡지 못하느냐는 것입니다.

정치란 바르게 하는 것, 먼저 나를 바로잡고 세상이 돌아가는 질서를 바로 세우는 일이라고 했습니다. 그렇게 명분이 서야 말이 올바르고 일이 이뤄지는 법입니다. 공자의 가르침에 맞춰 요즘 식으로 바꾼다면 '청청정정여여야야靑靑政政與與野野', 청와대는 청와대답고, 정부는 정부답고, 여당은 여당답고, 야당은 야당다워야 합니다. 왜 국민은 없냐고요. 광장에서 촛불로 새로운 질서의 바탕을 만들고, 코로나19 사태를 슬기롭게 헤쳐나가고 있듯이 대한민국을 지탱하는 주체가 국민 아니고 누구겠습니까.

공자가 바라던 인정仁政, 바른 정치의 근본은 '중정中正'입니다. 마음으로 통하는 '중'은 소통과 화해죠. 일상에서 균형감각을 유지하고 때에 알맞게 한다時中는 의미죠. 정치의 정政은 하나正에 머문다止는 뜻입니다. 정도를 지키니 지극한 선에 머물 수 있지요. 그래서 나를 올바르게 곧추세우고 다른 사람과 세상을 바로잡는 '정'은 '지어지선止於至善'과 하나에 머무는 통일로 해석할 수 있죠. '중정지도'는 『주역』, '지어지선'은 『대학』에 나오는 개념입니다.

제나라 경공이 공자에게 묻습니다. "정치란 무엇입니까?" 공자 대답은 이렇습니다. "임금은 임금답고, 신하는 신하답고, 부모는 부모답고, 자식은 자식다운 것이지요." 『논어』 「안연」 12.11 '군군신신부부자자君君臣臣父父子子', 공자 정치론의 핵심인 정명正名론입니다. 주자는 이를 인륜의 큰 줄기요 정치의 근본이라고 풀었습니다. 당시 제나라는 정권을 잡은 경공의 실정으로 나라 꼴이 엉망이었죠. 경공의 자식들이 제각기 난을 일으키고 신하가 권력을 좌지우지했습니다. 공자의 가르침을 실천하지도 못한 채 나라는 존망의 기로에서 헤매다 역사의 뒤로 사라졌습니다.

모든 이름에는 그에 걸맞은 역할이 있고, 이에 충실해야 마땅하겠지요. 집안에선 가족 구성원으로서의 역할을 다하고, 사회에선 분수에 맞춰 자연스러운 조화를 이루며, 권력자로서 주어진 힘을 120% 발

휘하는 일입니다. 특히 중요한 건 권력을 쥔 사람이지요. 임금이 임금답지 않으면 임금이 아니라고 말해야지요. 공자의 맥을 이은 맹자는 한걸음 더 나아가 임금이 임금 노릇을 못하면 쫓아낼 수 있다고 잘라 말했습니다. 바로 역성혁명론입니다. 요즘 같으면 선거로 정권을 교체하겠지요.

정치가 안으로 화합하고 밖으로 분단을 극복하는, 소통과 통일을 지향해야 한다면 우리나라 정치는 갈 길이 구만 리입니다. 세월호 사태에서 절감하고 촛불집회에서 확인했듯이 정치가 제대로 작동하도록 추동하는 힘은 국민에게서 나옵니다. 주권입니다. 더디지만 조금씩 발전하고 있다는 믿음이 그래서 생겼습니다.

국민이 자유롭고, 평등하며, 안전하고, 건강하게 살 수 있는 여건을 만드는 것이 정치의 역할입니다. 부동산 문제, 청년들의 상대적 박탈감 해결과 함께 '나만 옳고 너는 틀렸다'는 진영 논리와 불공정 논란의 극복 등이 현실적 과제라면 통일은 장기적인 숙제겠지요. 지구적인 과제인 기후위기와 포스트 코로나 대책을 더해야 합니다. 이 모든 것이 제대로 이뤄지는 사회가 공자가 꿈꾼 대동사회 아니겠습니까. '정치는 바로잡는 것'이라는 공자에 이어 맹자는 '인'은 '사람'이라고 했습니다. 정치의 핵심이 사람이자 사랑이라는 이야기입니다.

⚟⚟⚟ 만정 김소희 명창의 판소리 <춘향가> 가운데 '오리정 이별' 대목(QR코드 또는 인터넷 주소 https://youtu.be/IEONt7PUAEA)을 듣겠습니다. 이몽룡과 성춘향이 이별한 장소인 오리정은 두 사람의 사랑이 열매 맺는 출발점이었습니다. '사람을 사랑하라'는 공자의 정치적 깃발을 기억합시다.

⊣⊪⊩── "정치는 남 이야기가 아니라 바로 우리 생활입니다. 삶의 여건을 바꾸기도 하지요. 두 눈 부릅뜨고 지켜보며 적극적으로 참여해야 제대로 돌아가는 게 정치입니다."

제3장

뉴노멀 시대,
새로운 공동체를
생각한다

뜨거운 가슴,
냉정한 머리,
두둑한 배짱

선지노지 先之勞之

16

열정, 균형감각, 책임감은 베버가 꼽은 정치인의 덕목으로 유명하지만, 정작 정치인은 당선을 최고 덕목으로 친다지요. 독일의 사회과학자 막스 베버 1864~1920가 정치인으로서 마땅히 갖춰야 할 가치를 조목조목 짚었다면, 우리나라 선출직 정치인은 당선에 목을 맨다고 꼬집는 말입니다. 뜨거운 가슴과 냉정한 머리와 두둑한 배짱으로 공동체 비전 및 공동체 구성원의 안녕을 위해 노력하는 정치인이라면 더할 나위 없는 리더이지요. 신뢰와 포용, 도덕과 소통 대신 내로남불과 막말의 악다구니 사이에 낀 현실 정치인에게 낮은 점수를 줄 수밖에 없으니 큰 간극이 느껴집니다.

정치란 바르게 하는 것, 먼저 나를 바로잡고 세상이 돌아가는 질서를 바로 세우는 일, 바로 공자의 가르침입니다. 당연히 정치인은 솔선수범하고 성실해야 합니다. 국민을 잘살게 하고, 국민을 잘 가르치는 데 힘을 쏟아야 한다는 이야기입니다.

공자의 뜻을 이은 맹자가 다짐했습니다. "그 일을 하겠노라."고 말입니다. 인에 머물며, 예에 서며, 의와 도를 행하는 대장부의 기개와 정직함으로써 기르고 해침이 없다는 호연지기를 바탕으로 한 당당한 선언이었습니다.

그런 정치인을 기다려야 할까요. 아닙니다. 만들어가야지요. 누군가가 아니라 바로 내가 그런 사람일 수 있기 때문입니다. 그 일은 나로부터 시작됩니다. '사람이 희망'이라고 하지요. 그 사람은 불특정 다수의 익명성에 가려진 이가 아니라 세상 사람과 더불어 살아가는 나여야 합니다. 내가 오롯이 서려면 스스로 닦아 뜻을 세워야겠지요. 나의 삶이 사회가 되고 경제가 되고 문화가 되고 정치가 되어 보다 나은 세상을 향해 한걸음씩 나아가야지요. 요즘으로 치면 좋은 정치인을 뽑을 수도 있고, 좋은 정치인이 되겠다고 나서 표를 구할 수도 있습니다.

그 방법을 찾아봅시다. 『논어』 「자로」13.1 편에 나오는 내용입니다. 자로가 정치를 묻자 공자는 솔선수범과 성실이란 화두를 던집니다. 자신이 먼저 하고 나서 나중에 시키며先之勞之, 게으름 피우지 않아야無倦 합니다. 정치인이 솔선하면 비록 수고스럽더라도 이를 따르지 않을 사람이 있겠습니까. 물이 아래로 흐르는 이치와 다를 바 없습니다. '그 사람'을 기다린 후에 도가 행해지기 마련待其人而後行 · 대기인이후행이지요.『중용』27장 덧붙인다면, 천시天時가 지리地利만 못하고, 지리가 인화人和만 못하다는 점입니다. 천시가 시대상을 나타내고, 지리가 사회성을 표방한다면, 그런 통시성과 공시성을 아우르는 것이 인화, 화합이겠지요. 기인其人, 그 사람이 행하는 정치이며, 그 사람은 바로 나일 수 있습니다.

공자가 이를 쉽게 설명한『논어』「자한」9.2 편 내용을 살펴보죠. 달항이라는 마을 사람이 공자에게 어깃장을 놓습니다. "다방면에 걸쳐 두루 알면서도 어느 것 하나 명성을 이룬 것은 없지 않습니까.". "그럼 말을 몰까, 활쏘기를 할까, 말을 몰아야겠구나." 말을 몰겠다는 이야기는 일차원적인 의미에 그치는 것이 아니라 다스린다는, 나아가 인정을 펼치고자 하는 담대한 의지가 공자의 대답에 담겼습니다.

맹자는 이 일을 두고 "나를 버려두고 그 누구이겠는가."라고 반문했습니다. 나야말로 '그 사람'이라는 말이지요. 진정한 실력과 경륜으로 다져진 대장부의 호연지기가 느껴집니다. 이 같은 일을 할 정치인이 필요한 시기이기도 합니다. 바꿔 말하면 조국과 민족을 위한다고, 우리 사회를 위해 헌신하겠다는 숱한 정치인을 봐왔으나 진정 그렇게 행동한 정치인을 보지 못했다는 지적과 다를 바 없습니다. 그것이 현실이고, 앞서 말한 것처럼 이상적인 정치인과 현실적인 정치인의 모습 사이에 큰 간극이 생긴 이유입니다.

공자와 맹자를 오늘 소환하는 까닭은 더불어 살아가자는, 대동사회를 위한 '인정'이란 기치의 현실성에 있습니다. 넌더리가 날 만큼 겪어온 내로남불에서 벗어난 정치, 정치인을 기대해 볼 만하지 않습니까. 공자의 서恕, '자신이 하기 싫은 일은 남에게도 시키지 말라.'는 경구가 지켜지는 모습 말입니다. 사사건건 대립하면서 과거를 파먹는 정치 대신, 미래를 지향하는 정치를 하려는 정치인이라면 가슴에 '서'가 필요합니다.

그런 정치인이라면 대놓고 막말을 하지 않겠지요. 증오와 편가르기로 상대에게 흠집을 내고, 거기에 소금까지 뿌리는 일은 이제 그만돼야 합니다.

요즘도 무한경쟁과 불평등에 많은 사람이 '도 아

니면 모'라는 식의 삶을 살아야 할 만큼 위태롭습니다. 공자와 맹자가 살던 때를 약육강식의 패권시대라 표현하지만 오늘도 만만찮습니다. 그 시대에 인정의 깃발을 흔들었다면, 역사에서 교훈을 얻고자 하는 지금은 적어도 한두 발짝은 여유 있게 앞서가야 하지요.

그 당시는 권력을 잃으면 목숨까지 내놓았지만, 지금은 투표로 정권을 교체하지 않습니까. 정치 제도를 탓하기에 앞서 정치인의 마음가짐을 다시 한 번 강조하는 이유입니다.

〰️── 세월호라는 키워드를 중심으로 뜻을 모은 '다시, 봄' 프로젝트의 <아하, 누가 그렇게>(QR코드 또는 인터넷 주소 https://youtu.be/6PVJejnE2NY)를 들어보시죠. 세월호 사고가 나자 정치인들이 세상은 세월호 이전과 이후로 나뉠 것이라고 다짐했습니다. 그런데 우리 정치는, 우리는 무엇이 변했습니까.

인생이
예술이 된다면

흥어시입어례성어악 興於詩立於禮成於樂

17

『공자성적도』는 탄생부터 사후까지 그림과 함께 간략한 설명을 덧붙인 공자의 발자취입니다. 그 가운데 「방악장홍訪樂萇弘」은 공자가 주나라 귀족인 장홍을 찾아가 음악을 배웠다는 내용입니다.

그 전후 맥락이 의미심장합니다. 공자가 장홍을 만나기에 앞서 노자를 찾아 예를 물었다는 대목이 하나요, 장홍이 귀족인 유문공과 공자에 관한 이야기를 나누는 장면이 다른 하나입니다. 예와 악은 공자를 이해하는 키워드죠. "사람으로서 인하지 않으면 예를 어떻게 행할 수 있겠으며, 사람으로서 인하지 않으면 악을 어떻게 할 수 있겠는가."『논어』「이인」라고 공자 스스로 말했습니다. 예의 본질, 악의 본질이 사람의 선함에서 나오는 인임을 강조했지요.

우선 「방악장홍」 속 장홍과 유문공의 대화를 엿보면, 장홍이 공자를 가리켜 "겸허하게 예를 몸소 행하고, 성인의 도를 전하며 실천하는 사람"이라고 극찬합니다. 유문공이 되묻습니다. "집안도 관직도 내세울 게 없는 그가 어떻게 성인의 도를 세상에 펼칠 수 있겠습니까?" 당시 공자는 관직도 변변치 않은 30대였습니다. 장홍이 설명합니다. "요임금, 순임금과 주나라 문왕 및 무왕의 도가 사라지고 예악이 무너진 지금, 그 기강을 다시 세울 사람이 공자입니다."

그런데 이런 말을 전해 들은 공자가 곁들인 평가가 걸작입니다. "내가 어찌 감히 그런 칭찬을 받을 수 있습니까. 다만 예와 악을 좋아하는 사람일 뿐입니다." 앞서 이야기했던 예와 악의 의미를 다시 한 번 짚고 넘어가죠. 예악은 공자가 인을 실천하는 방법입니다. 사람이 함께 살아가는 방법이 예라면, 인간의 순수함과 아름다움이 악에 담겨 있다고 여겼습니다. 그러니 예악은 스스로 몸을 닦고 나라를 다스리는 속 깊은 일상이라고 할 수 있습니다.

『공자성적도』는 사마천의 『사기』 중 「공자세가」에서 많은 내용을 가져왔습니다. 「방악장홍」은 공자가 장홍을 만났다는 「공자세가」 기록을 바탕으로 장홍과 유문공의 대화 및 공자의 말을 덧붙여 만들었습니다. 요즘 말로 하면 '양념'을 더한 셈인데, 오히려 공자와 음악을 풀어내기에 더할 나위 없이 좋은 에피소드지요. 공자의 롤모델인 주공까지 합쳐 '요·순·우·탕·문·무·주공'은 중국 성왕의 계보입니다. 요임금과 순임금은 태평성대를 대표하는 상고시대 지도자이고, 우왕과 탕왕은 하나라와 은나라의 뛰어난 임금이었습니다. 문왕과 무왕 그리고 주공은 주나라를 있게 한 핵심인물입니다. 문왕은 주나라를 세웠고, 무왕은 은나라를 무너뜨리며 세상을 평정했습니다. 문왕의 아들이자 무왕의 동생인 주공은 일찍 세상을 떠난 무왕을 대신해 주나라의 기틀을 닦았지요. 주나라의 예악을 정비한 점을 빼놓을 수 없습니다.

성인과 같은 왕들이 꽃피운 살 만한 세상, 질서 있고 조화로운 세상을 되살리는 것이 공자의 정치적 이상이라면, 그 조화와 질서가 바로 예악으로 이뤄진다고 믿었던 사람이 공자입니다. 약육강식의 정치 현실 탓에 꿈을 이루진 못했으나 평생 예악에 충실했던 사람이었습니다.

"시에서 인간성의 순수한 아름다움이라 할 선한 마음을 일으키고, 예에서 서며, 악에서 인생의 완성을 이룬다."『논어』「태백」8.8 편 흥어시興於詩 입어례立於禮 성어악成於樂이란 말은 인간 성품의 근본적 어짊을 표현합니다. 그 내용은 시와 예로, 과정과 완성은 음악으로 나아갑니다. 전통 국악을 바탕으로 현대 국악의 새로운 지평을 연 황병기 선생이 감명받아『논어 백 가락』이란 책을 쓴 바로 그 구절입니다.

공자가 제나라에서 순임금의 음악을 듣고, 이를 배우는 3개월 동안 고기맛을 잊을 정도로 심취했다고 하죠. 순임금의 음악에 대한 공자의 평가는 "극진히 아름답고 극진히 좋다."고 할 만큼 대단합니다. 고국인 노나라에서 음악을 관장하는 책임자인 태사에게 건넨 말을 이해할 수 있습니다. "음악은 알 수 있으니, 처음 시작할 때는 오음을 합하며 풀어놓을 때는 조화를 이루고 분명하고 연속되어서 한 악장을 끝마치느니라." 음악의 시작과 끝처럼 인생의 출발과 마무리도, 사람의 사귐도, 세상 일을 대하는 정치인의 마음도 이처럼 해야 하지 않을까요.

빼놓을 수 없는 점은 너무 감상에 젖어서는 곤란하다는 것입니다. 바로 낙이불음樂而不淫하고 애이불상哀而不傷하라는 가르침입니다.『시경』「관저關雎」 구절을 인용하며 "즐겁되 넘치지 않고, 슬프되 몸과 마음이 상하지 않는" 음악을 강조했습니다. 주자는 이를 두고 "음란하다는 것은 즐거움이 지나쳐 정도를 잃음이다. 마음이 상했다는 것은 슬픔이 지나쳐 조화를 해침이다."라고 풀었습니다. 공자의 또 다른 가르침인 중용과도 맥이 닿는 이치이지요.

마무리는 "도에 뜻을 두며, 덕을 굳게 지키며, 인을 떠나지 않으며, 예에서 노닐어야 한다." 『논어』 「술이」 7.6 편의 공자 말로 하겠습니다. 이를 가장 적절하게 표현한 것이 "인생이 예술이 되게 하라."는 무위당 장일순1928~1994 선생의 주장이지 싶습니다. 강원도 원주에서 나고 자라 원주를 생명운동의 보금자리로 만든 사람이 장일순 선생입니다. 『나의 문화유산답사기』 저자로 유명한 유홍준 교수가 어디를 가든 함께 가고 싶다 했던 사람, 이철수 판화가가 진정한 뜻에서 '이 시대 단 한 분의 선생님'이라고 했지요. 인생이 예술이 된다면 세상이 더 조화롭고 질서 있지 않겠습니까.

예와 악의 수준을 한껏 끌어올리며 사람도 함께 품격을 갖추는 사회를 공자는 꿈꿨습니다. 공자가 거문고를 배울 때 보였던 자세를 되새겨봅니다. 처음에 10일이 넘도록 한 곡에 몰두하다, 운율을 익힐 때까지 연습했으며, 이어서 음악에 담긴 의미를 알 때까지 익히며, 결국 음악을 만든 사람을 알 때 마쳤다고 합니다. 음악이 삶이 되는 아름다운 과정입니다.

⊪⊪— 부산 출신 남성 3인조 아이씨밴드의 <바람>입니다.(QR코드 또는 인터넷 주소 https://youtu.be/cX6MB5iQzmY) '슬프고 아픈 건 살아 있기 때문에'라는 가사가 생활밀착형 어쿠스틱 밴드라는 설명만큼이나 인상적입니다.

공자는 "즐겁되 넘치지 않고, 슬프되 몸과 마음이 상하지 않는" 음악을 강조했습니다. 주자는 이를 두고 "음란하다는 것은 즐거움이 지나쳐 정도를 잃음이다. 마음이 상했다는 것은 슬픔이 지나쳐 조화를 해침이다."라고 풀었습니다.

약도 되고
독도 되는 술

유주무량불급란 唯酒無量不及亂

18

호학 군주 정조는 지극정성으로 공자의 가르침을 실천하려 했습니다. '내가 원하는 것은 공자를 배우고 싶은 것'이라는 '정조 묘지문' 내용이 절절합니다.

두 가지 예를 살펴보죠. 달이 천하의 냇물을 비추듯 모든 사람에게 골고루 베풀겠다는 마음을 담은 '만천명월주인옹萬川明月主人翁'이란 호만큼이나 '홍재弘齋'라는 호도 유명하지요. 정조의 문집『홍재전서弘齋全書』는 오늘날에 전합니다. 조선 왕 27명 가운데 유일하게 문집을 남긴 정조입니다. 세손 시절부터 사용하던 홍재라는 호는『논어』「태백」8.7 편에서 따왔습니다. "선비는 뜻이 크고 굳세지 않으면 안 된다. 임무는 무겁고 갈 길은 멀기 때문이다." 공자 제자인 증자가 한 말입니다.

또 하나는『일성록』으로 150년가량 조선 역대 임금의 일거수일투족을 날마다 기록한 책입니다. 1760년영조 36 1월 정조가 세손이던 때에 처음 시작하여 1910년융희 4 8월까지 정리한 기록물로, 유네스코 세계기록유산에 등재되었습니다. "나는 매일 내 몸을 세 번 살핀다." 오일삼성오신吾日三省吾身 은 증자의 다짐처럼 스스로 반성하는 자료로 삼으려는 목적이었습니다.

　정조는 백성을 고루 잘살게 하고 문화를 꽃피우고자 했으나 제대로 뜻을 이루지는 못했습니다. 오죽했으면 술을 정치에 활용했겠습니까. '개혁과 통합'이라는 정조의 꿈이 담긴 수원 화성에 그 증거가 남아 있습니다. 수원 팔달문시장 부근에 있는 '불취무귀不醉無歸' 조형물이 그것입니다. 정조가 소박한 술상을 앞에 두고 술잔을 권하는 모습입니다. 이를 두고 화성을 만들 때 애쓰는 사람들을 위해 건넨 덕담이라거나 성균관 유생들에게 연회를 베풀며 당쟁을 수습하려는 의도에서 나온 제안이라는 해석이 전해집니다. 어느 쪽이든 소통과 화합이 핵심입니다. 이 정도면 술의 순기능이겠죠.

　정조가 마련한 술자리를 빗대어 자식을 훈계하는 다산 정약용의 일화를 덧붙입니다. 술의 역기능도 짚어야 하니까요. 그때 아들이 술로 어지간히 다산의 속을 썩였나 봅니다. 그만큼 지나친 술자리가 잦은 분위기였다는 이야기겠지요. 다산은 자신도 정신을 잃을 정도로 술을 마실 수밖에 없는 자리가 있지만 결코 정신을 잃지 않았다는 예를 들며 아들을 따끔하게 혼냅니다. 그 예가 정조가 내린 술 이야기였습니다. 큰 붓통 가득 따른 술을 세 차례나 연거푸 마시고도 끄떡없었다는 사실을 강조했습니다. 그리고 아들과 곤드레만드레하는 세태에 직격탄을 날립니다. "소가 물 마시듯 술을 마시는 저 사람들은 뭐냐?" 사람이 술을 마시는 것이 아니라 술이 사람을 마시는 꼴을 빗댄 듯합니다.

술은 근심하는 마음을 쓸어내는 빗자루, '소수추掃愁帚'라고 하나, 사람이 의지대로 절제하기 어렵다는 게 문제입니다. 신의 선물인 동시에 악마의 유혹이요, 백약의 으뜸이지만 만병의 근원이지요. 그렇다면 공자는 술을 어떻게 다스렸을까요.

'유주무량불급란唯酒無量不及亂'이 대표적인 예입니다. 『논어』「향당」10.8 편에 나오는 이 구절은 시쳇말로 한 번도 안 들어봤으면 모를까, 한 번만 듣고 만 사람은 없을 것입니다. 공자가 술은 마시는 양을 따지진 않았으나, 어지러운 지경에 이르지 않으셨다는 의미입니다. 절제와 균형이 돋보입니다. 이를 엉뚱하게 비틀어 해석하다가 훈장에게 혼이 난 학동 이야기가 전설처럼 이어져 옵니다. "오직 주량은 한정이 없었으니, 술을 공급해주지 않으면 난을 일으키셨다."니 매를 버는 셈이지요.

'유주무량불급란'이 술을 대하는 공자의 태도를 설명한다면, 공자 말은 이렇습니다. "나가서는 윗사람을 섬기고 들어와서는 어버이와 형제를 섬기며, 궂은일에 힘쓰지 않음이 없으며, 술 때문에 곤란을 당하지 않는 것, 이 중에 어느 것이 나에게 있겠는가."『논어』「자한」 9.15 이 구절 가운데 '불위주곤不爲酒困' 역시 주량에 관계없이 '술로 인해 고생하는 것', 즉 '술 탓에 곤란한 지경'에 이르지 않았다는 뜻입니다.

불교 신자들이 지켜야 할 다섯 가지 계율에 '술 마시지 말라.'가 포함된 이유는 많은 사람이 탐닉하고 곤란에 이르기 쉬운 탓이겠지요. 공자도 술을 좋아하고 즐겨 마셨지만 선을 넘지 않았습니다. 예의규범을 무너뜨리고 의리를 무시하며 소동을 일으켜서 자신을 해치고 나라를 망치는 어리석은 짓을 저질러선 안 된다는 가르침입니다.

술을 절제와 균형으로 즐긴다면 응당 더해지는 것이 있습니다. 안주가 아닙니다. 바로 시입니다. 정조의 '불취무귀'는 '맑고 맑은 이슬이여/해가 나지 않으면 마르지 않는도다/즐거워라 밤의 술자리/취하지 않으면 돌아가지 않으리…'라는 『시경』 구절을 인용한 것입니다. 정조가 보기엔 '취하지 않은 사람은 돌려보내지 않겠다.'고 엄포를 놓기에 안성맞춤이었겠지요.

『시경』을 두고 공자는 '사무사思無邪', 생각에 사특함이 없다고 했습니다. 분노와 욕심, 음모와 계산으로 감아치는 술자리가 아니라 사특함이 없는 술자리라면 함께하는 즐거움을 누릴 수 있겠지요. 그래서 "시에서 선한 마음을 일으키고, 예에서 서며, 악에서 인생의 완성을 이룬다."고 했습니다.

이 땅의 많은 앞선 사람들이 공자를 롤모델로 삼았습니다. 풍류 사상은 신라시대 때 발원했고, 고려 선비들이 〈한림별곡〉을 낳았고, 조선 선비들이 향음주례와 원로를 모시는 기로회를 통해 예의를 다하며 시로 승화했습니다. 시와 술이 어우러지지만 과하지

않게 선을 지키면서도 마음이 닿는 대로 흐르는 풍
류, 즉 '시주풍류詩酒風流'와 맥이 닿습니다.

정조가 이를 통치의 수단으로 승화한 건 예의를
갖추고 즐거움을 함께 누리려 한 덕분에 가능했습
니다.

⫻⫼⫻— 신세대 팝 밴드 이날치의 <범 내려온다>(with 앰
비규어스 댄스컴퍼니)(QR코드 또는 인터넷 주소 https://youtu.be/
SmTRaSg2fTQ)를 감상하겠습니다. 판소리 <수궁가> 한 대
목이 흥겨운 몸짓과 잘 어우러집니다. 이날치는 조선 후
기 8명창 가운데 한 명입니다. 범이 위험신호라면, 음주
경고등과 코로나19 비상등이 한꺼번에 켜진 셈일까요.

〰〰─ 맑고 맑은 이슬이여

해가 나지 않으며 마르지 않는도다

즐거워라 밤의 술자리

취하지 않으면 돌아가지 않으리

한가로울 때는
단정하고 평화롭게

신신요요 申申夭夭

19

'공자 왈' 하면 어떤 생각이 먼저 드나요. 고리타분을 넘어 '코리타분'하다는 사람도 물론 있겠지요. 박제화한 규범이나 현실과 동떨어진 도덕 타령으로 여긴다면 말입니다. 하지만 2,500년을 이어온 지혜와 비전을 기대하는 사람도 있습니다. 중요한 건 말의 성찬이 아니라 자기 반성이요, 미래를 개척하는 실천이기 때문이지요.

"군자는 식사할 때 배불리 먹기를 바라지 않고, 거주함에 편안하기를 바라지 않는다."는 게 일상생활에서 두드러진 공자의 가르침입니다.

공자는 먹고 입고 사람 대하는 모든 일이 빈틈없고 절도 있고 깔끔했습니다. 멋과 예민한 감각은 일상이 수양이고, 그 지향점이 인과 예의 체화임을 몸으로 보여준 셈이지요. 공자의 일상을 오늘날 불러오는 건 그의 인품을 되새길 필요가 있기 때문입니다. 현실에 단단히 뿌리내리고 더불어 함께 사는 세상을 만들고자 힘쓴 공자의 일상이니까요.

특히 『논어』 「향당」 편은 공자의 일상을 보여주는 다큐멘터리입니다. 그 중에서도 음식을 대하는 태도는 웰빙라이프로 손색이 없습니다. 특히 '제철 음식이 아니면 먹지 않았고', '많이 먹지 않았다.'는 대목에 주목합니다.

공자는 곱게 찧은 쌀로 지은 밥과 가늘게 썬 회를 즐겼습니다. 음식의 맛과 색에 민감해서 색깔이나 냄새가 나쁘거나, 잘못 익히거나, 반듯하게 썰지 않거나, 간이 제대로 되지 않은 음식은 멀리했습니다. 제철 음식을 즐기면서, 고기를 비록 많이 먹으나 밥 생각을 잃을 정도로 탐하지는 않았죠. '마시고 먹는 것과 남녀의 사랑은 사람의 큰 욕망'이라는 『예기』의 한 구절처럼 본성에 따른 행동을 도덕과 윤리의 뼈대인 예에 맞춰 조화롭게 절제했지요.

공자의 옷차림도 만만찮습니다. 사마천은 『사기』 「공자세가」에 공자의 키가 9척6촌이라고 적었습니다. 이를 현대 도량형으로 환산하면 221.76cm라는 주장을 중국 학자가 제기한 적이 있지요. 미국 프로 농구 리그에서 활약한 226cm의 중국 선수 야오밍에 버금가는 장신입니다. 이 같은 주장의 진위를 떠나 기골이 장대했음은 틀림없어 보입니다.

공자는 공식 행사엔 당연히 관복 차림이었겠으나, 검은색 옷을 입으면 거기에 어울리는 검은 새끼 염소털 외투를 착용했고, 여름철 홑겹 옷엔 속옷을 갖춰 입으며, 잠옷을 따로 두었습니다. 춘추시대 패셔니스타가 따로 없습니다.

이처럼 위생적인 식생활, 깔끔한 의복, 평정심을 유지하는 마음 등 삼박자가 조화를 이루는 모습을 '신신요요'로 표현할 수 있습니다. "공자가 한가로이 계실 때에는 몸가짐이 편안하시고 얼굴빛이 온화하셨다.子之燕居 申申如也 夭夭如也"는 『논어』「술이」7.4 편 구절입니다. 신신은 단정하고 공경스러운 모양이고, 요요는 평화로운 모양입니다.

공자는 73세에 세상을 떠났습니다. 당시로 친다면 평균수명의 배를 웃돌았으니 장수한 셈입니다. 100세 시대를 구가하는 현대인 입장에서 볼 때 새로운 것이 없다고 불평할 수도 있습니다. 슬로푸드나 로컬푸드가 일상이 되고, '먹방'이 대세이니까요. 시대가 변했고, 아무리 공자라 하더라도 완벽할 수 없는 사람이라는 말도 맞습니다.

그럼에도 공자 이야기를 되풀이하는 까닭은 음식 같지 않은 음식이 사람을 해치고, 번드레한 겉치레로 사람을 현혹하는 일이 다반사로 벌어지는 건 그때나 지금이나 마찬가지이기 때문입니다. 음식 같지 않은 음식을 사이비似而非 음식이라고 한다면, 말만 앞세우고 실속이 없으며 사리사욕만 추구하는 사람을 사이비 지식인, 향원이랄 수 있겠지요. 공자가 그렇게 싫어했던 두 가지가 바로 사이비 음식과 사이비 지식인인 향원이었습니다.

"밥 먹을 땐 밥만 먹자.食不語"고 한 이가 공자였습니다. 한 끼 밥을 소중히 여기고, 그 밥을 만든 이들을 고맙게 여기는 것, 공동체를 위하는 마음입니다. 진정성과 한결같음을 읽어낼 수 있습니다. '식언食言'이란 말은 다들 아시죠. 한 번 입 밖에 낸 말을 도로 입속에 넣는다는 뜻으로, 약속한 말대로 지키지 아니함을 일컫지요.

그렇다면 '식언이비食言而肥'는 무슨 뜻일까요. 실속 없는 말로 살이 찐다는 의미이니, 자기가 한 말이나 약속을 지키지 않고 헛소리만 자꾸 늘어놓는 것

을 말합니다. 말만 앞세우는 정치인들이 특히 명심
해야 하는 사자성어입니다.

⊶┉⊷─ 정다운의 연주와 정혜선의 목소리가 신선한 제
이레빗(J Rabbit)의 <Happy Things>(QR코드 또는 인터넷 주
소 https://youtu.be/fhs55HEl-Gc)를 들으며 일상의 소중한 가
치를 되새겨 보시지요.

잘못이 있어도 고치치 않는 것,
이것이 진짜 잘못

과이불개 過而不改

20

요즘 자기소개서에 청춘을 담는다면, 인생이 담긴 자기소개서도 있습니다. 공자의 자기소개서를 『논어』에서 발췌해보았습니다.

하나는 이렇습니다. "알지 못하면 분발하여 먹는 것도 잊고, 알고 나면 즐거움으로 걱정을 잊으며, 늙음이 닥쳐오는 줄도 모른다." 「술이」 7.18. 모르는 게 있을 땐 밥 먹는 것도 잊고 깨우칠 때까지 파고든다는 의미의 '발분망식發憤忘食'이 여기서 나왔습니다. 초나라 정치가인 섭공이 자로에게 넌지시 공자의 됨됨이를 물었으나 자로가 딱 부러지게 대답하지 않았습니다. 이를 알고 공자가 '이렇게 이야기해주지.' 하는 뜻으로 한 말입니다. 배움에 대한 집념과 깨달음의 환희, 학문을 좋아하고 즐기는 태도가 오롯합니다.

이번엔 공자가 안연과 자로의 포부를 물어본 뒤 자신의 꿈을 설명하는 대목입니다. "노인을 편안하게 해주고, 친구에게는 신의를 지키고, 젊은이를 따르게 하게 싶다." 「공야장」 5.25 배움이 스스로를 닦는 일이라면 이 세 가지는 배움의 실천이자 유학이 지향하는 최고의 가치인 수기안백성修己安百姓, 즉 모든 사람을 편안하게 하는 일이지요. 공자의 높은 기상이 엿보이는 자기소개서입니다.

일상에서 자연스럽게 내면을 표출한다는 건 그만큼 안과 밖이 구별 없이 꽉 차 있음을 알 수 있습니다. 한 꺼풀 벗기면, 사서인 『논어』, 『맹자』, 『대학』, 『중용』을 탈탈 털어 마지막에 남는 핵심인 인, 의, 경, 성을 몸소 실천하는 모습일 수 있습니다. 공자이니까요.

하지만 안타깝게도 이렇게 훌륭한 자기소개서에도 불구하고 공자를, 공자의 사상을 받아들인 나라가 없었습니다. 이는 결국 공자가 인으로 다스리는 정치를 내걸고 여러 나라를 돌아다니며 뜻을 펼칠 기회를 찾는 과정이자 실패의 흔적입니다. 공자도 사람입니다. 이상과 현실의 차이에서 속이 새카맣게 타들어가지 않았을까요.

위나라 지도자인 영공의 부인 남자南子와의 만남을 예로 들어보죠. 자로가 평판이 나쁜 사람을 왜 만났느냐고 성을 냅니다. 부인은 이성 문제를 포함해 여러 가지 나쁜 소문이 끊이지 않던 여자였습니다. 그러나 공자는 자로에게 당당하게 선언합니다. "내게 그릇된 점이 있었다면, 하늘이 나를 버리실 것이다!"「옹야」 6.26 공자가 비난을 감내하며 남자를 만난 건 남자를 통해 영공을 설득하려는 의도, 즉 자신의 고고함보다 백성의 편안함을 위해 굴욕도 감내하려는 의지가 아닐까요. 그때나 지금이나 내로남불이긴 마찬가지인 세상, 올곧은 뜻과 평정심을 유지하려는 공자의 노력이 읽힙니다.

자기소개서만으론 공자의 품격을 온전하게 파악하기 어렵겠지요. 그것은 사람과의 관계에서 잘 드러나죠. 공자를 직접 모신 자공은 '온량공검양'으로, 100년 세월을 뛰어넘어 마음속으로 본받은 맹자는 '집대성'으로 공자의 삶을 정리했습니다.

공자가 "온순하고 어질고 공손하고 검소하고 겸양하셨다."는 자공의 말은 『논어』「학이」 1.10 편에서 찾을 수 있습니다. 이 '온량공검양'을 주자는 화후和厚·온화하고 후덕, 이직易直·평탄하고 곧음, 장경莊敬·장엄하고 공경, 절제節制, 겸손謙遜·겸양이라고 풀며, 공자의 훌륭한 덕이 빛나서 사람에게 접하는 것이라고 평했습니다. 공자는 이 다섯 가지 덕을 세상에 널리 퍼지게 하여 바르고 살기 좋은 세상을 이루고자 한 것이지요. 곧 덕을 바탕으로 정치에 접근하여 덕으로써 세상을 다스리려 했던 것으로 해석할 수 있습니다.

이와 함께 공자는 억측과 집착과 고집과 자만 등 네 가지 마음이 아주 없었으며, 괴상하고 폭력적이며 질서를 파괴하고 잡스러운 귀신에 관해서는 말하지 않았다고 합니다^{자절사子絶四}. 예가 아니면 보지도, 듣지도, 말하지도, 행동하지도 말라는 네 가지 태도를 함께 유지했습니다^{사물四勿}.

'자절사'와 '사물' 이 딱딱한 명사 속에서 오늘을 사는 지혜를 길어 올리는 건 우리 모두의 몫입니다. 감동과 유머, 정직과 윤리, 고상함과 순수함, 당당하면서 지킬 것은 지키는 예의, 솔선수범과 여유, 배려와 양보, 한결같은 마음과 인간다움…. 인의 바탕이 참된 마음과 진실한 감정이라고 하지 않습니까.

맹자는 공자의 업적을 가리켜 '집대성集大成'이라 했습니다. 여름철 소나기처럼 명쾌하다는 맹자가 공자를 존경하는 후학들의 마음을 정리한 키워드인 셈입니다. 맹자는 지조와 정절의 대명사인 백이·숙제와 중국사 최초의 명재상으로 꼽히는 이윤과 춘추시대 노나라의 현자인 유하혜를 먼저 소개합니다. 백이의 청렴함, 이윤의 정치력, 유하혜의 온화함을 공자가 아울렀다는 이야기입니다. 그리고 집대성이란 금성옥진金聲玉振, 즉 음악을 연주할 때 쇠로 만든 악기를 쳐서 소리를 퍼뜨리고 옥으로 만든 악기를 쳐서 소리를 거두어들여 마무리하는 것이라고 설명했습니다. 공자의 품격을 음악에 빗댔으니 과연 맹자답습니다. 시작과 끝을 알리는 소리가 연주를 집대성하듯, 공자의 지혜와 행동이 더할 나위 없이 온전하다는 의미겠지요.

맹자의 말에서 더할 것도 뺄 것도 없으나, 요즘 사람이 볼 때는 과하다는 생각이 들 수도 있겠습니다. 경의의 표현이 오히려 간절한 공자의 가르침을 가리는 것은 아닌지 하는 노파심이 앞섭니다. 그러므로 '홀로 있을 때 더욱 조심하는' 신독愼獨의 자세로 크게 호흡 한번 하고 스스로를 돌아봅시다. 그리고 공자가 일깨우는 가르침에 귀 기울여봅시다.

"허물이 있어도 고치지 않는 것, 이를 허물이라 한다."『논어』「위령공」[15.29]

공자의 시대는 도덕과 윤리가 무너진 난세였습니다. 코로나19라는 미증유의 재앙을 겪고 있습니다. 내 편과 네 편이 칼로 두부 모 자르듯 갈라진 세상이기도 합니다. 뿌리 깊은 불평등과 각자도생의 위기를 절감합니다. 우리는 무엇으로 스스로를, 공동체를 지켜낼 수 있을까요.

⊪║⊪── 허스키 보이스가 매력적인 한영애의 <바람>(QR 코드 또는 인터넷 주소 https://youtu.be/Gf9cm9HJHCs)이 주는 울림을 함께 느껴보시죠. 수많은 시간이 지나가도 늘 같은 자리에 있는 나무처럼….

⫘⫘⫘── 신독愼獨, 그러므로 건전한 인격을 지닌 훌륭한 사람은 반드시 혼자 있을 때 마음을 다잡고 몸가짐을 신중하게 합니다. 홀로 있을 때 더욱 조심하라는 '신독'의 자세로 크게 호흡 한번 하고 우리 스스로를 돌아봅시다.

제4장

배우기를
좋아하지 않는다면
무엇으로
자기를 지켜낼 것인가

가르치고 배우며
서로 성장한다

교학상장 教學相長

21

공자가 제자 3,000명을 가르친 기본원칙을 『논어』 「계씨」16.13 편에서 엿볼 수 있습니다. 제자인 진항은 스승이 아들을 어떻게 지도하는지 몹시 궁금했나 봅니다. 진항이 공자 아들인 백어에게 아버지로부터 특별히 배운 게 있는지 물었고, 백어는 당연하다는 듯이 시와 예를 꼽았습니다. 진항이 회심의 미소를 지으며 말합니다. "하나를 물어 세 가지를 얻었으니 하나는 시고, 다른 하나는 예이며, 마지막 하나는 자기 아들이라 하여 특별하게 대하지 않는다는 사실이구나."

시와 예라면 진항도 귀에 딱지가 앉을 정도로 들었을 것입니다. 시는 사리를 통달하는 지혜의 밑천으로 유가 경전 중 하나인 『시경』으로 해석하기도 합니다. 시를 배우지 않으면 말을 할 수 없다고 했지요. 인간관계의 기준이 되는 예를 배우지 못하면 설 수 없다고 했습니다. 공자는 당시 지배계급이 독점하던 시와 예를 원하는 모든 사람에게 차별 없이 가르쳤던 교육혁명의 선구자였습니다. 바로 '유교무류有教無類'입니다.

마지막 하나는 아들에게 특별대우를 하지 않고 제

자들과 같이 가르쳤다는 점입니다. 공정한 잣대로 공정하게 대우하니 잡음이 생길 틈이 없지요. '자기 아들이라고 특별하게 대하지 않음君子之遠其子·군자지원기자'은 기회는 평등하고 과정은 공정하고 결과는 정의롭기 위해 필요한 원칙입니다.

제자를 가르치려면 몸소 익혀야죠. 공자는 '호학好學'을 최고의 자랑으로 여겼습니다. 옛것을 배워 새로운 사회를 만드는 지표로 삼고, 세 사람만 있으면 그 중에 내게 배움을 베풀어줄 이가 있다고 여겼습니다. 그리고 아는 것을 실천하려 했습니다. 지행합일입니다.

공자가 가르쳐 만들려는 새로운 시대의 인재상은 군자, 능력과 인품을 겸비한 사람입니다. 수기치인修己治人, 스스로를 닦아 세상을 편안하게 할 수 있는 사람입니다. 요즘과 비교한다면, 권력욕과 아집에 사로잡혀 남은 안중에 없고 오로지 자신의 욕심만 채우려는 일그러진 입신양명의 욕망과는 구별해야 합니다.

때로는 부모 자식처럼, 때로는 동료처럼 간절한 스

승과 제자의 대화를 살펴보겠습니다.

먼저 공자의 수제자 안연입니다. 〈스승의 은혜〉 노래 기억나세요. "스승의 은혜는 하늘 같아서 우러러볼수록 높아만 지네…." 이 가운데 '우러러 볼수록 높아만 지네'는 안연이 공자를 묘사한 『논어』「자한」 9.10 편의 앙지미고仰之彌高에서 나왔습니다. 인의 핵심이라는 극기복례克己復禮를 전수한 안연이 젊은 나이에 죽자 "하늘이 나를 버리셨다."며 통곡한 공자의 마음을 헤아릴 수 있을 듯합니다.

자로는 공자의 호위무사였습니다. 대놓고 스승에게 대든 유일한 제자였던 그에게 공자는 야단치고 어르면서 입에 떠먹여주듯 가르쳤습니다. 『논어』「위정」2.17 편의 "아는 것을 안다고 하고, 알지 못하는 것을 알지 못한다고 하는 것, 이야말로 진정으로 앎이다."라는 구절이 공자의 가르침 그대로입니다.

부와 능력을 겸비한 자공은 호련瑚璉이란 평을 받고, '절차탁마'라는 깨우침을 얻습니다. 오곡을 담아 신에게 바치던 제사용 그릇이 호련이니, 요즘은 높은 기량을 갖춘 존경할 만한 인물이라는 뜻으로 쓰이지요. 자공의 사람됨을 공자가 높이 평가했다는 의미입니다. 『시경』 구절을 인용한 절차탁마는 학문이나 인격을 갈고 닦음을 뜻합니다. 자공은 끊임없이 질문하면서 공자의 사상을 풀어내고 이를 통해 성숙해집니다. 사람들이 스승보다 낫다고 하자 손사래를 치며 이렇게 말합니다. "살아 계실 때에는 영광스럽고 돌아가시면 슬퍼한다." 『논어』 「자장」 19.25 자공이 공자의 진정한 제자임을 선언하고 있습니다.

이처럼 공자는 세 제자에게 같은 듯 다른 가르침으로 성장할 수 있는 최대치를 끌어냈습니다. 가르치고 배우면서 서로 성장한다는 교학상장教學相長을 실현한 셈입니다. 그런 스승을 모신 적이 있습니까, '그 사람을 그대는 가졌는가.' 하는 함석헌 선생의 시구를 곱씹어봅니다. 온 세상 다 나를 버려 마음이 외로울 때도 믿어지고, 온 세상이 찬성하는 알뜰한 유혹도 물리치게 되는, 그런 스승을 말입니다.

⁍⣿⣿⣿⣿ 박광현이 김건모와 부른 <함께>(QR코드 또는 인터넷 주소 https://youtu.be/cJXA1pm2SAk)를 함께 들어보시죠. '살

아 간다는 건 이런 게 아니겠니 / 함께 숨 쉬는 마음이 있다는 것 // 그것만큼 든든한 벽은 없을 것 같아 / 그 수많은 시련을 이겨내기 위해서…' 박광현이 한 소절, 김건모가 또 한 소절, 그리고 두 사람이 함께 부르는 가사도 음미하면서.

함부로 뛰어넘을 수 없으며
중도에 그쳐서는 안 된다

지우학 志于學

22

"나는 열다섯 살에 학문에 뜻을 두었고, 서른 살에 독립했고, 마흔 살에 그 어떤 것에도 미혹되지 않았고, 쉰 살에 천명을 알았고, 예순 살에 듣는 귀가 순조로워졌고, 일흔 살에 마음이 하고자 하는 바를 좇아 행해도 법도를 넘지 않았다." 『논어』「위정」2.4

공자는 배움을 사랑하는 삶을 살았습니다. 요즘 말로 하자면 연필로 꾹꾹 눌러쓴 듯한 한마디 한마디에서 천금 같은 무게가 느껴집니다. 세상 살기가 그리 쉽습니까. 배움을 통해 온갖 역경을 헤치고 성숙한 인간으로 거듭나서야 맛볼 수 있는 행복감, 세상을 보는 따뜻한 시선과 여유는 아무나 누릴 수 있는 것이 아닙니다. 그러니 고난은 행복의 필요조건이란 말이 나오는 모양입니다. "과정을 차례로 밟아야지 함부로 뛰어넘을 수 없으며, 중도에 그쳐서는 안 된다."는 『논어집주』주석이 엄정합니다.

지우학志于學, 학문에 뜻을 둔다는 말은 지식을 축적해 박학다식한 인간이 되려 함이 아니라 진정한 인간의 길을 가려는 다짐입니다. 인간의 길은 사람다움의 길이자 사랑의 길이며, 그 길은 끝없는 덕행德行으로 가능하지요. 그러니 그 길에 스스로 설 수 있고, 의심할 바가 없고, 자연과 세상의 이치를 깨닫고, 들은 바를 모두 순하고 조화롭게 해서, 자유롭게 살더라도 법도에 알맞은 처신을 하지요. 이처럼 덕을 이룬 인격체가 군자요, 그 군자들이 더불어 살아가는 사회가 대동사회입니다. 입신양명과 부귀영화를 앞세우는 공부법이 아닙니다. 이것이야말로 사랑의 실천을 우선하는 공자학단의 공부법입니다.

덕행의 모델이라는 공자의 수제자 안연이 좋은 예입니다. 덕행이란 인의 길, 사랑의 길, 사람의 길을 체득하고 뜻을 돈독히 하여 힘써 실천하니 말하지 않아도 믿는 것이라고 했습니다. 안연은 시를 외우고 예를 높이며, 잘못은 두 번 되풀이하지 않았지요. 모든 행동이 법도를 따르므로 "훌륭하다, 너는 오로지 덕으로 말과 행동을 조심하는구나." 하는 스승의 칭찬을 받았습니다. 『공자가어』에 실린 안연의 모습입니다.

『논어』 첫 구절이 확 와닿습니다. "배우고 수시로 익히면 기쁘지 않겠는가, 벗이 먼 곳으로부터 찾아온다면 즐겁지 않겠는가, 남이 알아주지 않더라도 성내지 않는다면 군자답지 않겠는가." 배움이란 본받는 일이며, 익힘은 새가 날갯짓하는 것과 같다는 주자의 해석이 공자의 가르침만큼이나 또렷합니다.

배움의 의미를 공자가 어떻게 표현했는지 살펴보겠습니다. "인을 좋아하고 배우기를 좋아하지 않으면 그 폐단은 어리석어지는 것이고, 지혜를 좋아하고 배우기를 좋아하지 않으면 그 폐단은 방탕해지는 것이고, 신의를 좋아하고 배우기를 좋아하지 않으면 그 폐단은 진리를 해치는 것이고, 정직을 좋아하고 배우기를 좋아하지 않으면 그 폐단은 박절迫切해지는 것이고, 용기를 좋아하고 배우기를 좋아하지 않으면 그 폐단은 난폭해지는 것이고, 굳센 것을 좋아하고 배우기를 좋아하지 않으면 그 폐단은 경솔해지는 것이다."

『논어』「양화」17.8 편의 내용은 여섯 가지 말六言과 여섯 가지 폐단六蔽으로 잘 알려진 대목입니다. 핵심은 배움입니다. 인, 지혜, 신의, 정직, 용기, 굳셈의 육언, 즉 여섯 가지 덕을 좋아하는 데서 그칠 수 없지요. 그래서 여섯 가지 부작용, 육폐를 경계합니다. 호학은 배우고 실천하며, 생각해서 다시 질문하는 것입니다. 그래서 "배우기만 하고 생각하지 않으면 얻음이 없고, 생각하기만 하고 배우지 않으면 위태롭다.”고 했습니다.

공자의 호학 정신은 “열 집쯤 사는 작은 마을에도 반드시 나처럼 충성스럽고 진실한 사람이 있겠으나 나처럼 배우기를 좋아하는 이는 없을 것”이라는 말로 정리할 수 있습니다. 그 대상은 예禮·악樂·사射·어御·서書·수數라는 여섯 가지 교육 과목인 육예六藝를 바탕으로 하며, 더 나아가 인륜의 사덕인 인의예지仁義禮智로 깊어집니다.

육예는 유학의 근본을 이루는 기초과목입니다. 그 중에서도 인간관계의 기본인 ‘예’와 조화를 이루는 방법인 ‘악’이 중심입니다. 활쏘기인 ‘사’는 과녁의 정중앙을 겨냥하는 일이니 끊임없는 자기 수련을 의미하지요. 말 몰기인 ‘어’는 바로 나라 다스리기가 사나운 말 길들이기처럼 어렵다는 뜻을 담고 있어요. 글쓰기인 ‘서’는 바로 인격 수양이고, ‘수’는 합리적인 사고방식을 강조합니다. 이를 종합하면 머리로 외우는 지식이 아니라 실천을 중시한다는 점을 알수 있습니다. 배움이 기쁨을 넘어 즐거움이 되고, 나와 친구가 함께 군자로 성숙해 가지요.

학문의 목표는 "도에 뜻을 두며, 덕을 굳게 지키며, 인을 떠나지 않으며, 예에서 노니는 것"이라 했습니다. 또 "시에서 일으키고, 예에서 서며, 악에서 인격의 완성을 이룬다."며 그 단계를 밟습니다. 그래서 "덕을 닦지 못함과 학문을 익히지 못함과 의로움을 듣고도 옮겨가지 못함과 선하지 않음에도 고치지 못함이 바로 나의 걱정거리"라는 공자의 간절함이 두드러집니다.

자, 여기서 공자학단의 공부법을 지금 우리가 되새겨야 하는 까닭이자 공자의 가르침이 빛을 발하는 이유를 찾아봅시다. 그것은 바로 사람이 사람다워지고, 끊임없이 덕행을 실천하려는 의지입니다. 이것이 바로 덕행을 널리 베풀어 많은 사람을 구제하려는, 박시어민이능제중博施於民而能濟衆하려는 뜻이지요. 공자의 가르침을 이어가려는 마음이 있다면 지향해야 할 길입니다.

이와 관련하여 율곡 이이는 공자의 뜻과 이상을 실천하는 구체적인 실천 항목을 『격몽요결』에서 설명합니다. 학문을 위해선 구사九思보다 더 절실한 것이 없고, 몸과 마음을 다잡는 데 구용九容보다 더 중요한 것이 없다고 했습니다.

구사는 『논어』「계씨」16.10 편의 공자 말에서 찾을 수 있습니다. "군자는 아홉 가지 생각하는 바가 있다. 볼 때는 분명하게, 들을 때는 똑똑하게, 얼굴빛은 온화하게, 몸가짐은 공손하게, 말은 진실하게, 일은 신중하게, 의심스러울 때는 물어볼 것을 생각한다. 또 분할 때에는 어려움을 겪을 것을, 이득을 본다면 의로움을 고려한다." 이번엔 아홉 가지 모양입니다. "발 모양은 무겁고, 손 모양은 공손하고, 눈은 정면을 보고, 입은 필요한 말만 하고, 목소리는 가다듬고, 고개를 항상 똑바로 하고, 엄숙한 자세를 유지하고, 서 있는 모양은 덕스럽게 하고, 얼굴빛은 정중하게 한다."

이런 몸가짐과 마음가짐이라면 실수와 잘못을 인정하고 고치는 데 인색하지 않겠지요. 그것이 진짜 학문과 덕행을 아우르는 태도 아니겠습니까. 자공이 말합니다. "군자의 허물은 일식이나 월식과 같아서 잘못을 저지르면 사람들이 모두 보게 되고, 고치면 사람들이 모두 우러러보게 된다." 제자 자공이 스승의 가르침을 이렇게 알뜰하게 이어받았습니다.

⫶⫼⫶— 양희은의 <인생의 선물>(QR코드 또는 인터넷 주소 https://youtu.be/3aqG-iM5zFs)을 들으며 그 의미를 새겨보시죠. 성숙한 인간이 되돌아본 삶의 궤적, 세상을 따뜻한 시선으로 볼 수 있는 여유, 그것이 인생의 선물이겠지요.

과연 좋은 정치란
무엇인가

군자고궁 君子固窮

23

『사기』「공자세가」에 공자의 정치적 능력을 잘 드러
낸 이야기가 있습니다. "정치를 맡은 지 3개월이 지
나자 양과 돼지를 파는 사람들이 값을 속이지 않았
고, 남녀가 길을 갈 때 따로 걸었으며, 길에 떨어진
물건을 주워 가는 사람도 없었다." 노나라 정공 13
년, 55세인 공자가 지금의 법무부장관과 비슷한 대
사구 벼슬을 하며 재상 역할을 대신하던 때라고 합
니다. 정치의 도리가 자연스럽고 예가 자리 잡은 사
회, 곧 공자가 꿈에도 그리던 이상사회의 시험대로
볼 수 있습니다.

"진실로 나를 써주는 사람이 있다면, 만 일 년이
면 질서를 잡고 삼 년이면 다스림을 완성할 수 있으
리라."『논어』「자로」13.10 거나 "만약 나를 써주는 사람
만 있다면, 나는 그 나라를 동쪽의 주나라로 만들겠
다."『논어』「양화」17.5 던 공자의 바람은 실현되지 않았
습니다.

그래서 공자는 자신의 정치철학을 실천할 군주를
찾아나섰습니다. '주유천하'가 시작된 것입니다. 자
신의 이상을 실현하고자 여러 나라를 떠돌았습니
다. 고난과 좌절의 연속이었지요. 정나라에선 '상갓

집 개'라는 비아냥을 들었고, 진나라로 가던 도중 광 땅에선 주민들의 공격을 받아 목숨이 위태로운 적도 있었으며, 진나라에선 식량이 떨어져 제자들이 사경을 헤맨 적도 있었습니다.

그래도 공자는 '인치'라는 깃발을 꿋꿋하게 지켰습니다. '안 되는 줄 알면서도 하는 사람'이라는 별명이 붙은 이유겠지요 인치는 사람을 우선하고, 사람을 사랑하는 정치입니다. 그렇다면 주유천하를 지탱한 바탕이 무엇일까요? 바로 우환의식憂患意識입니다. 우환의식은 개인의 사사로운 이해관계가 아니라 세상을 걱정하는 군자의 마음입니다. 우환의식은 인과 덕이 어우러진 왕도정치, 곧 인치로 이어지지요.

『논어』「위령공」15.2 편의 구절은 공자의 주유천하 중 대표 장면으로 꼽힙니다. 그만큼 스펙터클하면서도 핵심을 드러냅니다. 자로가 스승인 공자에게 씩씩거리며 묻습니다. "군자도 궁할 때가 있습니까?" 공자 대답이 이렇습니다. "군자는 곤궁해도 자기 본분을 지키지만 소인은 궁하면 하지 못하는 일이 없느니라." 군자고궁君子固窮이고 소인궁사람小人窮斯濫

이지요.

배경부터 설명하면 이렇습니다. 위나라에 머물던 공자에게 권력을 쥐고 있던 영공이 진법에 관한 군사 문제를 묻자 더 이상 머무를 나라가 아니라고 판단하고 다음날 위나라를 떠납니다. 전쟁으로 날이 밝고 전쟁으로 날이 지는 춘추시대였습니다. 패권에만 관심이 있는 군주의 마음을 '살 만한 세상 만들기'로 돌리기엔 역부족이었을지 모를 일입니다. 그 뒤는 그야말로 최악의 상황입니다. 양식이 떨어지고 일행들이 병들어 일어나지 못할 정도였습니다. 참다못한 자로가 화난 얼굴로 따지듯 공자에게 물은 까닭입니다. 시쳇말로 '개고생'을 하는 근본적인 이유를 되짚어본 셈이지요.

그만큼 공자의 입장도 명쾌합니다. 여기서 군자는 인치를 구현하려는 도덕적 인격체입니다. 그 군자는 본래부터 곤궁한, 본연의 가치를 지키려고 애쓰려는 사람이지요. 또 어려울수록 더욱 뜻을 다지고 자신을 단단하게 벼리는 사람입니다. 군자의 반대편에 소인이 있습니다. 당연히 소인은 어려움이 닥치면 쉽게 포기하고 될 대로 되라는 식으로 행동하겠지요.

어려움 속에서도 잃지 말아야 할 뜻, 어려울수록 더 명료해지는 다짐이야말로 위기극복의 원천입니다. 이는 인간을 성숙하게 하고 바람직한 삶의 방향으로 인도하는 요소이기도 하지요. 어려운 상황에서도 스스로 즐거움을 찾는 사람이 많아질수록 사회가 살 만해지겠지요.

중요한 건 스스로 변해야 한다는 점입니다. '궁하면 변하고 변하면 통하고 통하면 오래간다.'고 했습니다. 궁변통구窮變通久입니다. 어려움을 참고 이기면 앞길이 열린다는 간즉길艱則吉이 떠오릅니다. 이웃을 돌아보고 함께 잘 살아야겠다는, 인정이 행해지는 대동사회로 가겠다는 다짐으로 새겨야겠습니다. 불교와 기독교에서도 인생은 고해苦海, 고난苦難이라고 표현하니 하는 말입니다. 어려움을 오히려 선물로 여기는 자세, 평상시에 오히려 어려움을 잊지 않는 태도라면 더할 나위 없겠지요.

주유천하에도 불구하고 꿈을 이루지 못한 공자는 노나라 애공 11년, 68세 나이로 귀향해 '나라의 어른' 대접을 받습니다. 교육에 전념해 3,000여 제자를 길러내며 『시경』·『서경』·『예기』·『주역』 등 유가 경전을 다듬었지요. 『주역』에서 우환의식의 뿌리를 확인할 수 있습니다. "역은 아주 오래전에 만들어진 것인데 이 역을 지은 사람에게는 반드시 우환이 있었을 것"이라는 『주역』「계사하전」7장 구절이 그것입니다. 역을 지은 사람은 복희씨와 주나라 문왕과 아들 주공, 그리고 바로 공자입니다. 그리고 맹자는 "우환을 통해 사람이 살며, 편안함 속에서 죽는다."고 했지요.

이런 공자와 맹자의 간절한 가르침을 알기 쉽게 표현한 사람이 송나라 정치가 범중엄입니다. "세상 사람이 걱정하기에 앞서 걱정하고, 세상 사람이 즐거워한 뒤에 즐거워하라." 이 정도면 현재 우리나라 정치를 이끄는 사람들에게도 요구할 것이 있겠지요. 과연 무엇을 위해 정치를 해야 하는지를 말입니다.

고대 중국의 우환의식은 잦은 홍수와 황하의 범람에서 발원합니다. 황하의 범람에서 비롯된 유가의 가르침이라고 귓등으로 흘릴 일이 아닙니다. 공자의 우환의식은 바로 널리 사람을 이롭게 한다는 홍익인간의 다짐과 다르지 않기 때문입니다. 코로나19 사태라는 위기상황 속에 가뜩이나 어려운 사람들이 더 큰 어려움을 겪고 있습니다. 불평등, 저성장, 환경문제 등에 더한 새로운 변수입니다. 각자도생을 위한 정치가 아니라 인간다운 삶을 위한 인간다운 정치가 더 간절해집니다. 비단 정치인뿐만 아니라 우리 모두가 함께 공동체를 고민해야겠습니다. 우환의식은 바로 우리 시대를 책임지려는 자세이기 때문입니다.

◅ᚔᚔ──── 미국 여가수 나탈리 머천트의 <모국(Motherland)>(QR코드 또는 인터넷 주소 https://youtu.be/A2JbLUVt0Z0)를 듣겠습니다. 울림 있는 저음으로 묻습니다. '도대체 어디로 갈 수 있니….'

〰〰〰 　고대 중국의 우환의식은 잦은 홍수가 황하를 범람한 것에 기원합니다. 황하 범람에서 비롯된 유가의 가르침이라고 귓등으로 흘릴 일이 아닙니다. 공자의 우환의식은 바로 널리 사람을 이롭게 한다는 우리 홍익인간의 다짐과 다르지 않기 때문입니다.

지나치지도
모자라지도 않은 핵심

윤집궐중 允執厥中

24

"심하구나. 나의 노쇠함이여. 오래되었구나. 내가 다시 꿈에서 주공을 뵙지 못함이…."

공자의 탄식이 처연합니다. 롤모델인 주공을 꿈에서도 만나지 못한다니 그만큼 기력이 떨어졌을까요, 아니면 세상 돌아가는 꼴이 말이 아니라서 그랬을까요. 천하를 떠돌며 정치적 이상을 펴고자 했으나 뜻을 이루지 못하고 고향으로 돌아온 그였습니다. 3,000여 제자를 거느리며 교육과 경전 편찬에 힘을 쓰지만 어지러운 나라 사정에, 백성의 고단함에 마음이 편치 않을 수밖에 없습니다.

주공은 주나라 예약을 완성한 사람입니다. 폭군인 은나라 주왕을 무찌르자고 깃발을 세운 문왕 아들이요, 혁명에 성공한 무왕 동생입니다. 주공의 진가는 주나라를 반석 위에 올려놓으며 확인됩니다. 신생 주나라의 무왕은 어린 성왕을 두고 일찍 세상을 뜹니다. 주공은 7년 동안 성왕을 도와 섭정하면서 주나라 법률과 제도를 만들었습니다. 성왕이 스무 살이 되자 주공은 왕권을 고스란히 성왕에게 넘겨줍니다.

금등지사 金縢之詞 · 삼토삼악 三吐三握 · 성강지치 成康

之治는 주공이 남긴 교훈입니다. 금등지사란 '쇠줄로 단단히 봉해 비밀문서를 보관하는 상자'란 뜻으로 억울하거나 비밀스런 일을 글로 남겨 후세에 그 진실을 전한다는 말입니다. 병든 무왕을 위해 주공은 '나의 목숨을 대신 가져가달라.'고 하늘에 호소합니다. 이 간절한 바람을 적은 글귀를 나중에 성왕이 보고 주공의 진심을 깨닫는다는 고사가 전해옵니다.

주공은 찾아오는 사람을 만나고자 한 번 식사할 사이에 세 번이나 입에 든 음식을 뱉고, 한 번 목욕할 동안에 세 번 머리를 거머쥐고 나왔다고 합니다. '삼토삼악'은 상대를 배려하는 지극정성을 표현한 말입니다. 이를 본받으니 성왕과 아들 강왕이 다스릴 때가 가장 주나라다웠다는 평가를 받습니다. 두 왕의 치세를 '성강지치'라고 합니다.

이처럼 하늘에 순응하고 사람을 아끼는 일, 공자가 주나라와 주공에 주목한 이유요. '주나라 문화의 전승자'로 자임한 공자였습니다. 주나라의 예악과 법제는 중국 문화의 모범이지요. 그 밑바탕에 하늘의 명을 받아 은나라 주왕을 벌하고 주나라를 세웠다는 명분이 있습니다. 또 정의로운 주나라를 이끄는 원칙인 장자승계의 봉건제를 지켜낸 주공이 있습니다. 주공은 어린 조카의 지위를 탐하지 않았고, 공자의 조국인 노나라 제후가 됩니다. 주나라가 공자가 되찾고 싶어 한 이상적 나라로 꼽히고, 주공이 공자가 닮고자 하는 사람인 까닭입니다.

공자는 이상향인 대동사회, 즉 나와 너가 함께하는 사회를 지향하는 요·순·우·탕·문왕·무왕·주공의 계보를 만들었습니다. 태평성세라는 요순시대를 기점으로 하나라 우임금, 은나라 탕임금, 주나라 문왕과 무왕 그리고 주공으로 이어집니다. 유가의 맥, 도통道統입니다.

『논어』 마지막 편인 「요왈」 첫 장은 요임금에서 주공까지의 도통을 보여줍니다. 요임금은 순임금에게 '윤집궐중允執厥中', 즉 중용의 미덕을 강조했습니다. 순임금도 우임금에게 같은 가르침을 베풀었습니다. 순임금은 선한 행동과 좋은 말을 하는 사람을 만나면 반드시 고맙다고 절을 했습니다. 탕임금은 "온 세상 사람에게 죄가 있다면 그 죄는 저 자신에게 있다."고 하늘에 다짐했습니다. 그리고 주나라는 백성과

양식과 제사를 중요하게 여겼습니다.

너무 먼 이야기 아니냐고요? 중도를 지키고, 현명한 사람을 세움에 출신을 가리지 않는 일, 백성 보기를 다친 사람같이 하는 일, 가깝다고 너무 끼고돌지 않고 멀리 있다고 잊지 않는 일인걸요. '임금은 껍데기이고 백성은 알곡'이라고 했습니다. 애민사상의 실천입니다. 그게 제대로 이뤄지지 않으면 언제든 사람이 들고일어날 수 있습니다.

『맹자』에서는 요·순·우·탕·문왕을 거쳐 공자까지 연결하며, 송나라 주자는 공자 뒤에 증자와 자사를 추가하고 이것이 맹자를 거쳐 자신의 두 스승인 이정二程, 즉 정명도와 정이천에게 이어진다 하며 도통을 확립했습니다.

주공부터 500년을 지나 공자, 또 1,500년을 흘러 송나라에서 신유학이 부흥했습니다. 신유학의 중심은 주자입니다. 주자는 주렴계, 소강절, 정명도, 정이천, 장횡거 등과 '송조육현'으로 불립니다. 그는 공자와 맹자까지 원시유학과 노장사상, 불교사상을 흡수해 유학의 새로운 지평을 열었습니다. 불교의 융성과 부작용, 이민족의 침입에 따른 자각 등이 밑바탕에 깔려 있습니다.

유학이 우리나라에 전해진 건 삼국시대였지만, 국가의 지도이념으로 자리잡은 건 조선시대였습니다. 바로 송나라의 신유학, 성리학입니다. 고려 충신 정몽주, 조선의 기틀을 닦은 정도전을 거쳐 이황과 이이에서 조선 성리학이 꽃을 피웠고, 다시 박지원, 정약용 등의 실학사상으로 열매를 맺었습니다.

중국 성리학은 도통의 원리를 성즉리性卽理, 즉 하늘이 내린 성품을 이치라 했습니다. 조선 성리학의 양대 거봉인 이황의 『성학십도』와 이이의 『성학집요』는 이를 발전시킨 성리학의 최종 버전이라고 평가받습니다. 성리학은 인간의 선한 본성과 함께 바른 정치로 세상을 바꿀 수 있다는 가능성을 믿지요. 물론 조선시대의 한계로 지적되는 성리학의 문제점을 외면할 순 없지요. 더 엄밀하게 공과를 따지고 세상을 바로잡을 수 있는 올바른 정치의 핵심을 찾아내야 합니다.

이처럼 전통을 자랑하는 유학의 가르침은 결국 사

람이 터전입니다. 공자가 인으로 강조했던 오륜입니다. 이것이야말로 원시유학에서 성리학으로, 하늘을 섬기는 경천敬天에서 사람을 아끼는 애인愛人으로 이어지는 교훈입니다. 스스로 깨우치고 단련하는 지혜, 나와 우리를 아우르는 지혜를 찾을 수 있는 이유입니다.

⫷║║⫸── 오정숙 명창의 판소리 <춘향가> 가운데 어사 출도 대목(QR코드 또는 인터넷 주소 https://youtu.be/XZknnOWiV94)을 들어보시죠. 하늘의 뜻과 사람이 원하는 바가 결국 하나로 통한다는 사실을 다시 확인합니다.

╢║── 너무 먼 이야기 아니냐고요? 중도를 지키고, 현명
한 사람을 세움에 출신을 가리지 않는 일, 가깝다고 너무
끼고돌지 않고 멀리 있다고 잊지 않는 일인걸요. '임금은
껍데기이고 백성은 알곡'이라고 했습니다.

옛 것에서
새로운 미래를 찾다

온고이지신 溫故而知新

25

공자의 오랜 친구인 원양原壤은 요즘 말로 삐딱선을 탄 사람인 모양입니다. 늘그막에도 공자로부터 이런 질책을 받았으니 하는 말입니다. "어려서는 윗사람에게 공손하지 않았고, 어른이 되어서는 뭐라 내세울 것이 없었고, 늙어서는 죽지도 않으니 이야말로 도적이다."『논어』「헌문」 14.46 공자는 원양을 타박하는 것도 모자라 지팡이로 그의 정강이를 툭툭 쳤다고 합니다.

죽마고우끼리 흉허물 없이 지내는 모습이라기엔 원양의 행적에 납득하기 어려운 점이 있습니다. 그의 어머니가 사망하자 공자가 도우러 가서 관을 짜고 있었는데, 그는 눈물을 흘리기는커녕 관을 두드리며 노래를 불렀다는 이야기가 전해옵니다.

영원한 스승, 공자 옆에 이런 친구가 있었다는 점이 놀랍습니다. 공자의 삶과 어쩌면 이렇게 정반대인지 싶어 더 놀랍습니다. "어려서 공손하지 않았다면 부끄러운 일이고, 어른이 되어서 덕이 없다면 수치고, 늙어서 예가 없다면 죄"라는 점잖은 해석을 붙이면 더욱 두드러집니다.

15세에 배움에 뜻을 둔 이후 70세엔 하고 싶은 대

로 해도 법도에 어긋나지 않는 삶을 살기까지 끊임없는 자기 수양과 '더불어 사는 세상'이란 목표를 향한 발걸음을 멈추지 않았던 공자입니다. 원양은 그렇지 못한 세상 사람을 나타내는 대표 단수랄까요.

공자는 호불호가 뚜렷했습니다. 인격을 갖춘 이상적 인간상을 군자로 높였다면, 그 반대편의 사이비 군자, 향원에겐 서릿발 같은 비판의 화살을 날렸습니다. "향원은 덕의 도적이다." 집안과 사회와 국가를 망치는 덕의 파괴자라는 의미입니다. 같은 도적이지만 원양에게 "제발 정신 좀 차려라."는 정도로 핀잔을 준 것과는 비교할 수 없지요. 이때 덕은 사람됨이요, 인격의 완성입니다. 사람다운 사람이 되는 것입니다. 공자가 주창한 인은 사람을 사랑하는 것이라 했지요. 사람다운 사람끼리 서로 사랑하는 세상, 바로 더불어 사는 대동사회입니다. 공자의 이상향이지요.

말처럼 쉽지 않은 일입니다. 공자는 안 되는 줄 알면서도 하려고 한 사람이었지요. 그래서 현실에선 실패했지만 역사가 쌓일수록 빛을 발하는 사람이라고 합니다. 여기서 알아야 할 점이 있습니다. 정치적으론 인을 제대로 실현하지 못했으나 교육적인 측면에선 누구도 흉내내지 못할 성과를 거뒀다는 사실입니다. 패권에 급급한 제후들이 공자의 뜻을 받아들이지 않았을 뿐이지, 그는 정치 현장을 떠나지 않았고 생활정치를 실천했습니다.

그 증거가 바로 『논어』입니다. 공자와 제자의 대화를 담은 정치 교과서이자 교육 지침서이기도 합니다. 올바른 정치를 위한 교육! 지금도 유효하고 필요한 과제 아닙니까.

공자는 사람을 중심에 놓은 만큼 사람과 사람의 관계를 유지하는 '예'에 주목했습니다. 수제자인 안연에게 내린 '극기복례克己復禮', 자기 자신을 이겨서 예를 회복함이 인을 행하는 것이라는, 인의 핵심 가르침에서 이를 확인할 수 있습니다. 매 순간 매 상황에 맞춰 가정에서, 사회에서, 나라 일에서 맡은 바 최선을 다한다면, 그것이 나에게서 비롯되는 일이라면, 충분히 사람다운 사람으로 스스로 설 수 있겠지요. 그런 사람처럼 인격을 완성하는 모습을 음악에 비유할 수 있습니다.

맹자가 음악에 빗대어 공자를 떠받들었던 데에는 다 이유가 있습니다. 성인聖人의 완결판, '집대성集大

成'과 이를 찬미하는 '금성옥진金聲玉振'이 그 사례입니다. 맨 처음 종鐘을 쳐서 합주를 시작하고, 옥돌로 소리를 내는 경磬으로 마무리하듯이 '예'는 조화로움이 중요합니다. 오케스트라 지휘자처럼 '인'이라는 지휘봉으로 세상을 다스리고자 했던 공자가 그려지지 않습니까.

아무리 좋은 가르침이라도 현재의 고민을 녹여내 새로운 비전을 만들 수 없다면 그야말로 무용지물입니다. 코로나19 사태가 앞당긴 뉴노멀 시대에 맞는 비전과 인간상을 찾아낼 깊은 연못 역할을 할 수 있다는 점에서 『논어』의 가치는 현재진행형입니다. 인간애가 바탕이기 때문입니다. 배움은 자기 수양이며 이를 실천하는 목적은 입신양명을 넘어 사람들을 편안하게 하는 데 맞춰져야 합니다. 그러니 배움에 겸손해하지요. "아는 것은 안다고 하고, 모르는 것은 모른다고 하는 것, 이것이 바로 아는 것이다." 이 말이 그래서 나왔습니다.

당쟁과 사대주의라는 치명적인 약점을 노출한 교조로서의 유교가 아니라 조화와 이타의 실천철학인

유학이 필요한 이유입니다. 그 기준이 뭘까요. 우선 온고溫故에서 지신知新으로, 옛것을 제대로 알고 그 속에서 미래를 위한 지혜를 구하는 자세입니다. 이를 실천하는 정도와 원칙, 그리고 이를 현실에 적용하는 태도가 더해져야겠지요. 바로 정도와 원칙인 경도經道, 그리고 이를 바탕으로 한 변통인 권도權道입니다. 경도는 딱 부러지지만, 권도는 어렵습니다.

90세 먹은 노모를 위해 70세 노인이 꼭두각시 놀음을 하는 것에서 권도의 쓰임을 알 수 있습니다. 공익을 추구하는 방편이 권도라면 사익을 추구하는 방편은 권모술수겠지요. 그 차이에서 오늘로 이어지는 희미한 끈의 숨결을 느낍니다. 종즉유시終則有始, 끝은 곧 새로운 시작이라고 했습니다. 다시 『논어』에서 살아 꿈틀거리는 활자의 의미를 찾아봅시다. 질리지 않는 그리움으로 말입니다.

╫╫── 시인과 촌장의 <때>(QR 코드 또는 인터넷 주소 https://youtu.be/sp7v0j12JoM)를 들으면서 '당신이 쌓은 벽과 내가 쌓은 벽 사이에 꽃 한 송이 피어나는' 그때를 함께 기다려 봅시다.

우선 나부터
잘합시다

극기복례 克己復禮

26

군주는 배, 백성은 물이라는 '군주민수' 기억나시죠? 이 책 첫머리에서 짚고 넘어간 말이죠. 요즘 말로 하면 표로 나타나는 민심이 물이겠지요. 2020년 4월 21대 국회의원 선거와 꼭 1년 뒤인 2021년 부산 및 서울시장 보궐선거는 참으로 엄정한 민심을 보여줬습니다.

21대 총선에서 민심은 여당 손을 들어줬습니다. 문재인 대통령은 "국민 여러분, 자랑스럽습니다. 존경합니다."라며 화답했습니다. 문 대통령이 낸 입장문에 '간절함'과 '책임감'이란 말이 있었습니다. 코로나19 세계적 대유행이 초래한 총체적 위기를 슬기롭게 이겨내야 한다는 국민의 바람이 간절함이라면, 이에 부응하겠다는 다짐이 책임감이겠지요. 그만큼 여당인 더불어민주당은 압승을 거뒀습니다. '단독 개헌'을 제외하면 무소불위인 의회 권력입니다. 문재인 정부와 여당은 중앙·지방정부에 이어 의회 권력까지 장악했습니다. 국정 주도권을 완벽하게 행사할 수 있는 만큼 책임도 막중합니다.

그런데 1년 만에 민심은 정부와 여당이 표를 준 만큼 만족한 성과를 내지 못했다고 회초리를 들었습니다. 부산시장과 서울시장은 야당인 국민의힘 차지였습니다. 여당 입장에선 참패였습니다. 민주당 지도부가 총사퇴했습니다. 문 대통령은 "국민의 질책을 엄중히 받아들인다."고 밝혔습니다. "더욱 낮은 자세로, 보다 무거운 책임감으로 국정에 힘하겠다."고 덧붙였습니다. 둘 다 책임감이라는 공통분모가 있지만 뉘앙스가 많이 다릅니다. 민심이 원하는 바를 제대로 수용하지 못했다는 점이 가장 두드러집니다.

그 사이에 일어난 일에 대해 민심은 단호했습니다. 코로나19와 관련해선 'K-방역'의 주체로 아낌없이 헌신하고 노력했으나, 자꾸만 늦어지는 백신 수급 문제엔 마뜩잖다는 분위기입니다. 경제회복이나 민생안정에 대해선 수치상으로 선전하고 있다는 정부 여당 발표와는 달리 "이대로는 못 살겠다."는 아우성이 여전합니다. 이처럼 부글부글 끓는 민심에 기름을 끼얹은 건 부동산 문제입니다.

가뜩이나 가파른 상승세인 아파트 값 탓에 좌절하는 많은 젊은 세대에 아랑곳없이 신도시 개발을 담당하는 한국토지주택공사LH 임직원들이 내부정보를 이용해 신도시 대상지역에서 땅투기를 했다는 사실이 드러난 것입니다. 공교롭게도 부산시장과 서울 시장이 모두 성추문으로 물러난 상황임에도 당헌 개정을 통해 후보를 공천하고 네거티브 전술에 의존하는 구태를 보인 것도 모자라 무능과 위선으로 여겨지는 일들이 더해진 결과입니다.

이게 다가 아닙니다. 여당은 성찰과 쇄신을 다짐합니다. 야당은 그동안 외면했던 젊은층이 돌아왔다며 새로운 도약을 다짐합니다. 그 목표는 2022년 3월 대통령 선거입니다. 앞으로 1년 뒤 어떤 일이 벌어질까요. 그래서 민심의 바다가 무섭다고 하지요. 선거가 시대정신을 표출하는 장이라는 이야기가 나오는 이유입니다. 또 하나 덧붙일 건 군주, 요즘으로 치자면 지도자의 마음입니다. 스스로를 닦아 민심을 겸허하게 받아들이는 일이지요.

선거가 '새판 짜기'라면 선거기간 동안 분출한 시대정신을 담은 '새로운 일상의 회복'이 필요하지요. 국회가, 정치가 이처럼 새로운 일상을 회복하는 것이 바로 극기복례克己復禮입니다. 스스로 성찰하고 반성해서 잘못이 있으면 고치고, 잘한 일은 다른 사람 덕분이라며 스스로를 낮추면 소통과 화합이 이뤄지겠지요. 공자의 이상인 인치, 사랑의 정치이자 사람다운 정치가 이와 다를 바 없습니다.

『논어』「안연」12.1 편에서 공자와 애제자 안연의 대화는 거침이 없습니다. 안연이 두 가지를 묻습니다. "스승님, 인이 무엇입니까, 그 실천 방법도 함께 가르쳐주십시오." 공자의 대답도 명징합니다. "자기를 이기고 예를 회복하는 것이 인이며, 이는 자신으로부터 시작된다. 예가 아니면 보지도, 듣지도, 말하지도, 행동하지도 말라."

『논어』에 '인'이 100회가량 언급되지만, 이런 직설 화법은 없을 듯합니다. 주자가 공자 사상을 극기복례로 풀어내는 까닭으로 여겨집니다. 우선 극기복례는 자기에게서 시작된다는 점이 중요합니다. 거울을 봅시다. 인, 남을 사랑하고 세상을 편안하게 만들 준비가 되어 있습니까. 사사로운 욕심에서 자기를 이기고자 한다면 붙들어야 할 화두입니다. 끊임없이 자기를 닦는 수신이 그만큼 중요합니다. 그 실천 조목이 사물四勿, 예가 아니면 보지도, 듣지도, 말하지도, 행동하지도 말라는 것이지요.

자신을 바르게 하는 극기에서 나아가 나와 다른 사람과의 관계가 예입니다. 이타자재利他自在, 남을 이롭게 하면 스스로 자유롭습니다. 그렇게 보면 예는 까다로운 절차나 박물관에서나 볼 듯한 관습이 아니라 자신을 낮추고 상대방을 높이는 현실의 일입니다. 직장에서, 모임에서, 도로에서 상대방을 배려하고 적절한 거리를 지키면 얼마나 편합니까. 서로 배려하고 조화를 이루는 세상이라면 살 만하겠지요. 정치도 마찬가지입니다. 자기 허물은 못 보고 남 탓만 하는 동물 국회, 식물 국회에서 벗어나야 합니다. 인이 인간성의 회복을 바탕으로 대동사회를 지향하는 정치사상이 되는 이유입니다.

주자는 이렇게 정리했습니다. "인은 온전한 마음의 덕이자 하늘의 이치이나 사람의 욕심에 무너지기 십상이다." 이런 가르침을 공자가 안연에게 주었고, 2,500년 동안 이어오고 있습니다.

이어서 『논어』「안연」12.2 편입니다. 중궁염옹은 공자가 지도자로 손색이 없다고 칭찬한 제자입니다.

그가 공자에게 인의 가르침을 받는 장면입니다. 정치가로서의 자세와 모든 인간관계에 적용되는 황금률, '기소불욕물시어인己所不欲勿施於人'입니다. "문 밖을 나가선 큰 손님을 만난 듯하며, 백성은 큰 제사를 모시듯 대하라. 자기가 하고 싶지 않은 일은 남에게 시키지 말라. 이렇게 하면 나라에도, 집안에도 원망이 없다."

주자는 자기 몸을 지탱하는 경敬과 다른 사람을 배려하는 서恕로 '인'을 해석했습니다. 자기가 하고 싶지 않은 일은 남에게 시키지 말라는 가르침에 주목합니다. 청와대에 이런 경구가 있다고 합니다. '스스로에겐 가을서리처럼 매섭게, 다른 사람을 대할 땐 봄바람처럼'. 공자는 이를 자공에게 되풀이하며 강조했습니다. 자공이 평생 간직하며 실천해야 할 덕목을 묻자 공자께서 '서'를 일깨우며 내린 가르침입니다. 『논어』「위령공」15.23 편 구절로 소극적인 인의 방법이라고 할 수 있습니다.

그렇다면 적극적인 방법은 뭘까요. 바로 "자기가 서고 싶으면 다른 사람을 서게 해주고, 자기가 터득하려면 다른 사람을 터득하게 하라.己欲立而立人己欲

達而達人·기욕입이입인기욕달이달인 "입니다. 공자가 백성에게 널리 베풀고 많은 사람을 구함은 요임금도 순임금도 못한 일이라며 제시했습니다. 『논어』「옹야」6.28 편에 나옵니다. "행함에 뜻대로 되지 않는 것이 있으면 반성하여 그 원인을 자신에게서 찾아야 하는 법이니 자기 한 몸이 올바르면 천하가 돌아올 것이다."

극기복례는 이와 같은 맹자의 설명처럼 결국 자기 성찰, 반구저기反求諸己로 귀결됩니다. 극기복례합시다. 너무 먼 이야기, 딱딱한 가르침으로 여기지 말고 오늘 여기서 시작합시다.

⫴⎯⎯ 사이먼 앤 가펑클을 떠올리게 하는 노르웨이 인디 듀오인 킹스 오브 컨비니언스의 <향수병(Homesick)> (QR코드 스캔 또는 인터넷 주소 https://youtu.be/oll6UfK6iUg)을 들어보겠습니다. 포근한 고향을 절실히 느낀다는 건 그만큼 나름의 뜻을 위해 애쓰고 있다는 이야기겠지요. 공자의 꿈을, 스스로의 꿈을 위해 오늘도 새로운 마음으로 하늘을 한번 쳐다봅시다.

논어와 음악

초판 1쇄 인쇄 2021년 8월 8일
초판 1쇄 발행 2021년 8월 18일

지은이 정상도

펴낸이 김명숙
교정·교열 정경임
펴낸곳 나무발전소

주소 03900 서울시 마포구 독막로 8길 31, 701호
이메일 powerstation@hanmail.net
전화 02)333-1967
팩스 02)6499-1967

ISBN 979-11-86536-80-3 03810